新编学生国学丛书

杜甫诗

傅东华 选注

卢福咸 校订

中国文史出版社

图书在版编目(CIP)数据

杜甫诗/傅东华选注;卢福咸校订.——北京:中国文史出版社,2019.11

(新编学生国学丛书/缪天绶等主编)

ISBN 978-7-5205-1830-7

Ⅰ.①杜… Ⅱ.①傅… ②卢… Ⅲ.①杜诗-诗集 Ⅳ.①I222.742

中国版本图书馆CIP数据核字(2019)第278212号

责任编辑:金 硕

出版发行:**中国文史出版社**
社 址:北京市海淀区西八里庄路69号院 邮 编:100142
电 话:010-81136606 81136602 81136603 81136605(发行部)
传 真:010-81136655
印 厂:北京温林源印刷有限公司
经 销:全国新华书店
开 本:880mm×1230mm 1/32
印 张:7.625
字 数:158千字
版 次:2020年2月北京第1版
印 次:2020年2月第1次印刷
定 价:32.80元

总　　序

冯天瑜

作为汉字古典词，“国学”本谓周朝设于王城及诸侯国都的贵族学校，以与地方性、基层性的“乡校”“私学”相对应。隋唐以降实行科举制，朝廷设“国子监”，又称“国子学”，简称“国学”，有朝廷主持的国家学术之意。

时至近代，随着西学东渐的展开，与来自西洋的“西学”相比配，在汉字文化圈又有特指本国固有学术文化的“国学”一名出现。如江户幕府时期（1601—1867）的日本人，自18世纪起，把流行的学问归为三类：汉学（从中国传入）、兰学（从欧美传入，19世纪扩称洋学）、国学（从《古事记》《日本书纪》发展而来的日本固有学术）。19世纪末、20世纪初，中国留日学生与入日政治流亡者，以及活动于上海等地的学人，采借日本已经沿用百余年的“国学”一名，用指中国固有的学术文化。1902年梁启超（1873—1929）撰文，以“国学”与“外学”对应，强调二者的互动共济，梁氏曰：“今日欲使外学之真精神普及于祖国，则当转输之任者，必邃于国学，然后能收其效。”（《论中国学术思想变迁之大势》）1905年国粹派在上海创办《国粹学报》，公示“发明国学，保存国粹”宗旨。这里的“国学”意为“国粹之学”。该刊发表章太炎（1869—1936）、刘师培（1884—1920）、陈去病（1874—1933）等人的经学、史学、诸子学、文字训诂方面文章，以资激励汉人的民族精神与文化自信。从此，中国人开始在“中国固有学术文化”意义上使用“国学”一词，为“国故之学”的简称。所谓“国故”，指中国传统的学术文化之故实，此前清人多有用例，如魏源（1794—1857）认为，学者不应迷恋词章，学问要从“讨朝章、讨国故始”（《圣武记》卷一一），这“讨国故”的学问，也就是后来所谓之国学。

经清末民初诸学者（章太炎、梁启超、罗振玉、王国维、刘师培、黄侃、陈寅恪等）阐发和研究，国学所涉领域大定为：小学、经学、史学、诸子、文学，约与现代人文学的文、史、哲相当而又加以综汇，突现了中国固有学术整体性特征，可与现代学校的分科教学相得益彰、彼此促进，故自 20 世纪初叶以来，“国学”在中国于起伏跌宕间运行百年，多以偏师出现，而时下又恰逢勃兴之际。

中国学术素有“文、史、哲不分家”的传统，中国学术的优势与缺陷皆与此传统相关。百年来的中国学校教育仿效近代西方学术体制，高度分科化，利弊互见。其利是促进分科之学的发展，其弊是强为分割知识。为克服破碎大道之弊，有人主张打通文、史、哲壁垒，于是便有综汇中国人文学的“国学”之创设，并编纂教材，进于学校教育、家庭教育、社会教育，其先导性教材结集，为20世纪20年代至30年代原商务印书馆由王云五策划并担任主编的《万有文库》之子系《学生国学文库》。所收均为四部重要著作。略举大凡：经部如诗、礼、春秋，史部如史、汉、五代，子部如庄、孟、荀、韩，并皆刊入；文辞则上溯汉、魏，下迄近代，诗歌则陶、谢、李、杜，均有单本，词则多采五代、两宋。丛书凡 60 册，已然囊括了“国学”之精粹。其鲜明之特色是选注者掺入了对原著的体味，经史诸书选辑各篇，以表见其书、其作家之思想精神、文学技术、历史脉络者为准。其无关宏旨者，概从删削、剔抉。选注者中不乏叶圣陶、茅盾、邹韬奋、傅东华这样的学界翘楚。他们对传统国学了然于胸，于选注自然是举重若轻，驾轻就熟。这样一份业经选注者消化、反刍的国学精神食粮自然更便于国学入门者吸收。

这样一套曾在20世纪初在传播传统文化、普及国学知识方面起到重要的作用的丛书即便今天来看也是历久弥新。中国文史出版社因应时势，邀约深谙国学之行家里手于原辑适当删减、合并、校勘，以30册300余万言，易名《新编学生国学丛书》呈献当今学子。诸书均分段落，作标点，繁难字加注音，以便省览。诸书原均有注释，古籍异释纷如，原已采其较长者，现做适当取舍、增删。诸书较为繁难、多音多义之字，均汴现代汉语拼音，以便讽颂。诸书卷首，均有选注者序，述作者生平、本书概要、参考书举要等，凡所以示读者研究门径者，不厌其详，现一仍其旧。

这样一套入门的国学读物，读者苟能熟读而较之，冥默而求之，国学之精要自然神会。

是为序。

校订说明

丛书原名《学生国学文库》，为20世纪二三十年代商务印书馆王云五主编《万有文库》之子系，现易名《新编学生国学丛书》，奉献给广大国学爱好者。

原丛书共60种，考虑到难易程度、四部平衡、篇幅等因素，在广泛征求专家意见基础上，现删减为34种30册。

基本保留了原书的篇章结构。因应时势有极少量的删节。

原文部分，均选用通用、权威版本全文校核，参以校订者已见做了必要的校核和改订。为阅读的通顺、便利，未一一标注版本出处。

注释根据原文的结构分别采用段后注、文后注，以便读者省览。原注作了适当增删，基本上保持原文字风格，之乎者也等虚词适当剔除，增删力求通畅、易懂，避免枝蔓。典实、注引做了力所能及的查证，但因才学的有限疏漏可能在所难免。

原书为繁体竖排，现转简体横排。简化按通行规则，但考虑到作为国学读物，普及小学知识亦在情理之中，故而保留了少量通假字、繁体字、异体字，一般都出注说明。或许亦可增加读者的阅读兴趣和扩大知识面。

生僻、多音字作相应注音，原反切、同音、魏妥玛注音，均统一改现代汉语拼音。

国学读物校订，工作浩繁，往往顾此失彼，多有不当处，还望读者指正。

凡　例

一、本编选择的标准，约为下列二点：

（1）本编专供学生读阅，故所选皆取典故不过于生僻繁难而诗意易于领悟者。

（2）但为了了解作者的人格及艺术所不能不读的作品——如《壮游》等，则虽典故较多亦均入选。

二、本编虽非全集，而排次仍依原集编年体例。

三、杜诗笺解注释，宋、元以来，不止千家，详略各殊，醇疵错出。近代流行者，以朱氏（鹤龄）之《辑注》、仇氏（兆鳌）《详注》为盛。钱氏（谦益）《笺注》，亦是世认为威权的著作，惟嫌其详于稍僻之典，而略于较熟之典，不便初学。杨西河采集各家之长，著为《杜诗镜诠》，详略得宜，释义精当，兹编注释，大致从之。

四、本编注释中凡称“原注”者，均系作者自注。

五、原集字句有各本互异者，或同本而注明一作某字某句者，本编惟择于义最安者从之，更不注明依据何本。

绪　言

杜甫的诗之所以号称“诗史”[1]，是因为他的诗就是他一生经历和思想情感的自述，成为他的时代的实录。所以我们要了解他的诗，首先要明白他的时代背景，而要了解他的生平，也首先要明白他的时代背景。因为他那种飘泊流转的生涯，完全是其时代造成的——只要看他诗集中的作品，就可明白这一要点。即便是那些咏景咏物的小品，也都莫不有一个时代的烙印在其背后。

杜甫生于唐睿宗先天元年（712），卒于代宗大历五年（770）。他生活的这五十九年——凡历玄宗、肃宗、代宗三朝——正是唐朝最多事的一个时期：先有安史之乱，后有吐蕃入寇，两京几经陷落，天子两度蒙尘。至于其他刺史、边将被杀的小乱，差不多年年都有。杜甫就生于这种时代。在他的中年以后，简直没有一天过的不是避难的生活。所以他的诗集，也就成为了一部痛史。

甫字子美，而后人或称他为少陵，是指他在长安的居处说的；或称他为工部，是指他最后的官衔说的；又称他的诗集为“草堂”诗集，是从他寓居成都浣花溪时所筑的草堂而得名的。他是晋镇南将军当阳侯杜预的十三世孙[2]。曾祖依艺，终于巩令。祖审言，修文馆学士尚书，膳部员外郎，也是唐代的著名诗人。父闲，朝议大夫，兖州司马，终于奉天令。他本京兆杜陵（陕西西安长安区）人，后徙襄阳（湖北襄阳），再徙河南巩县[3]。

关于他的少年生活的情况，我们能看到的只有他那篇《壮游》诗（本编入选）的自述。这篇自述虽很简略，但我们至少可知他是夙慧的[4]。他二十岁左右，便出游吴、越[5]。这一游大约是三四年的时间，其间应该有所作，不过没有传下来。归后赴乡贡，不第[6]。又出游齐、赵，"快意"了八九年（包括居洛阳之二年）[7]。此时李白从翰林放归，客游梁、宋、齐、鲁，杜甫得以和他会见，相从赋诗。而现今集中所存的诗，就以这一期间的作品为开始[8]。这一期间的作品，都没有十分深刻的内容，这并非是他的诗艺尚未成熟，而是因其时社会政治还好，加以"频岁丰稔，京师斛米不满二百。天下乂安，虽行万里不持兵刃[9]"。他生活在一个相对富裕安定的环境中，并无深入的人生体验，也就不能写出很精彩的诗作了。这在当时，他自已并不觉得，及到后来回想，方才感到是不可再遇的黄金时代[10]。

他罢游归长安，当是天宝四五载的事情[11]。他的居处是在长安城东，名为杜曲。长安自古为帝都，宫苑亭池，代有所建。在杜甫的诗中杜曲周围山川景物，经被他取作诗材，仿佛也都含有诗意了。现在为便于读他的诗起见，请让我把这一带地方的形势略说一下，读者庶几可以从中想像得到它们的梗概[12]。长安城东有灞陵，汉文帝所葬，灞陵南五里即乐游原，宣帝筑以为陵，曰杜陵。杜陵东南十余里[13]又有一陵，差小，许后所葬，谓之少陵，其东即杜曲，又名南杜。南杜之北，又有一北杜，又名杜固。杜曲的近境，其一就是乐游原，或称乐游苑，又称乐游园，汉神爵三年所修。地滨秦川（即樊川），居京城之最高，四望宽敞。乐游原之西有芙蓉园，园内有池，名曰芙蓉池。唐时以芙蓉园为南苑，有夹城可通南内兴庆宫，乃开元二十年所筑。芙蓉园之北，就是著名的曲江了。曲江亦曰曲江池，本秦之隑州。汉武帝因秦宜春苑故址凿而广之，其水曲折，故名。唐开元中更为疏凿，周七里，遂为胜境。花卉环列，烟水明媚。入夏则菰蒲葱翠，柳阴四合，碧波红蕖，湛然可爱。至于远境，则北有渭水，南有终南山，东有骊山。骊山之麓有温泉，就是明皇常巡幸的华清宫所在。

他在这样的环境里，大约度过了八九年的时光。虽有秀丽的山川景物可欣赏，心境却并不舒畅快乐。何以故呢？一方面是个人所受境遇的压抑。因为他虽以《三大礼赋》[14]而得明皇的赏识[15]，却也不过叫他“待制集贤院，命宰相试文章”[16]，授了一个河西尉的小官。他却因怕折腰，怕趋走，怀着凄凉的情绪而不作[17]。后来改为率府参军，却仍非常潦倒。不但自己“衣不盖体，尝寄食于人”[18]，甚至于他寄寓于奉先（陕西蒲城）的幼子都被饿死[19]。

另方面是他感受到社会政治的不良。我们从他的诗里，可以窥探到他当时所感受到的社会政治的腐败。主要在两方面：其一是君臣荒淫，其一是战乱初起的凶兆。

我们都晓得明皇自从得了杨贵妃[20]，一时国戚、姊妹，俱臻显贵，大家竞相奢侈。他们的淫乐处，又大都在曲江池头，华清宫里[21]，正是我们这位可怜诗人所居的左近。哪里由得他闭着眼睛佯为不见呢？他因目击这种腐败现象，从而知道“路有冻死骨”，乃是“朱门酒肉臭”的结果，知道“彤庭所分帛，本自寒女出”的不平现实。然而他们固执地要“鞭挞其夫家，聚敛贡城阙”，于是乎竟使“邦国”活不成了。他又知道自己虽做一个小官，却仍旧还是“邦国”“平人”的一分子而不免“入门闻号咷”，于是乎他不由得不痛哭了。

我们晓得天宝末年，一边有哥舒翰贪功于吐蕃；一边有安禄山构祸于契丹。征调半天下，许多人都得“弃绝父母恩，吞声行负戈”[22]。这在我们千载后读史的人看去，还感不着怎么样深刻的刺激，可是他当时天天目击着那种“戚戚去故里，悠悠赴交河”[23]的情景，作为一个敏感的诗人，于是乎又不由他不痛哭了。

所以他在长安八九年的生活，虽则还未亲身经历着战乱的苦痛，却已饱受了许多难受的刺激，而更严重的战乱的灾难也就跟着来了。

安史之乱是我国历史上著名事件之一，先后延续八年之久[24]。遭受战乱的区域，涉及今陕西、河南、山西、河北、山东五省之地。自从乱事起后，我们这位诗人的生活，便跟着其凶险的恶波为之上下了。

当战乱起时，杜甫正在奉先县[25]。明年（天宝十五载）夏，他从奉先挈家往依白水县的崔县尉（他的舅氏）[26]。未几，又从白水北往鄜州（今陕西富县）[27]。其时[28]，哥舒翰战败于灵宝（河南灵宝）西。安禄山陷潼关，明皇奔蜀。次马嵬（在陕西兴平西），陈元礼杀杨国忠；贵妃自缢；长安遂陷。七月，太子李亨即位于灵武（甘肃灵武），是为肃宗。杜甫闻信，欲奔行在，遂陷贼中。他于是独居长安，与寄寓鄜州的家属远隔。凡过一冬一春[29]，其间所作，有《春望》《哀王孙》《哀江头》《一百五日夜对月》等篇（本编均入选）。读者观之，便可见他在这段期间的生活状况与心境了。

明年（至德二载）正月，肃宗至彭原（甘肃宁县）；安庆绪杀禄山而自立。二月，肃宗至凤翔；史思明寇太原，被李光弼大破之。四月[30]，杜甫从贼中逃至凤翔行在，授给他左拾遗[31]。拾遗是谏官[32]，那时刚碰着房琯罢相之事[33]，我们这位天真的诗人便认真履行他的职责，上书言琯有才，不宜罢免。帝怒，诏三司推问，亏得继任的宰相张镐替他说情[34]，才免惩处，仍放远就列。这事当然又给他一个很大的刺激。加以他离家将近一年，十个月杳无音信，思家之心，非常迫切[35]。因便请假归省，而他的第一杰作（《北征》），就产生于这个时候。

他从凤翔北上鄜州，是至德二年闰八月初[36]。此番和家人见面的情形，虽不如前次归奉先时有丧子之惨，却也是够悲伤的。你看——“经年至茅屋，妻子衣百结。恸哭松声回，悲泉共幽咽。平生所娇儿，颜色白胜雪。见耶背面啼，垢腻脚不袜。床前两小女，补绽才过膝。海图拆波涛，旧绣移曲折。天吴及紫凤，颠倒在裋褐。”虽然面对这样的情景，但是他并不怨天尤人，他仍在希望。他希望国家中兴，希望和平恢复[37]；因为他始终相信个人“生理”的好坏，完全是随国家的安危为转移的。所以他并不汲汲以个人为念，他的心思用在大处——国家。只要看他凡送人赴官的诗，其中，都有一番勉励，希望他们能为国家尽力，而助成中兴之业。例如《送樊二十三侍御赴汉中判官》云：“至尊方旰食，仗尔布嘉惠……正当艰难时，实藉长久计。”《送长孙九侍御赴武威判官》云：“天子忧凉州，严程须早到。去秋群胡反，不得无电扫。此行收遗氓，风俗方再造。”《奉送郭中丞兼太仆卿充陇右节度使三十韵》云：“废邑狐狸语，空村虎豹争。人频坠涂炭，公岂忘精诚？”

他这种希望，暂时总算得到实现。不久两京相继恢复，肃宗也从凤翔还京了。是年十一月，他由鄜州还长安[38]。次年（乾元元年）春，再任左拾遗，得与王维、贾至、岑参诸人相酬唱[39]，并得“每日江头尽醉归”[40]，这总算是他生平最幸福的一段时光。但同年六月，房琯贬为邠州刺史，他因是琯党，也出为华州（陕西华县）司功。我们看《早秋苦热堆案相仍》一诗，可知他在这任里的生活是很不愉快的，而且他这一出，就终生不复归长安了。

同年冬末，他从华州至洛阳，目的不可知[41]。次年春，又由洛阳还华州。其时，史思明据魏州（河北大名）九节度使师败于邺（河北临漳），朝廷调兵益急。他在途中目击民间被征调之苦，遂有“三吏”、“三别”等六篇杰作的产出。回华州后，值关辅大饥，他便于七月间弃官西去[42]，携家度陇[43]，作客秦州（甘肃天水）。约在三月，写出了著名的《秦州杂诗二十首》。但他在秦州无法生活，故又于十月间南徙同谷（甘肃成县）。他理想中的同谷，是有良田可以耕种，有薯芋可以充肠的[44]；而实际并不如此。我们看《乾元中寓居同谷县作歌七首》，就可见他在那里的生活状况如何了。所以他居同谷不满两月，便南行入蜀，于十二月初至成都[45]。

到成都后，得王五司马弟的资助[46]，在城西浣花溪畔建一草堂，经二年至宝应元年三月而成[47]。这草堂背郭缘溪，四周景物颇可赏玩[48]。他住在这里约两年多的时间，其间曾游青城一次。虽过的也只是伴着“老妻画纸为棋局，稚子敲针作钓钩”的日子，但也总算是比较安定的生活了。然而仍有贫老相交迫，终不免百忧交集而已[49]。

于此，我们应该注意一个和杜甫生活最有关系的人——就是严武。严武是开元名相姚崇门下士挺之之子。八岁时尝手刃父妾。安禄山之乱，从玄宗入蜀，至德初，赴肃宗行在，房琯以其名臣之子荐为给事中。及收京，为京兆尹，坐琯事贬巴州刺史。久之，迁东川节度使。及剑南合为一道，以成都尹擢为剑南节度使。杜甫出为华州司功，武同时亦贬巴州。而甫居成都之时，亦适武持节剑南之日。

杜甫为武父挺之之故人，与武并被认为房琯之党。当其同客成都，常互有酬答[50]，武亦尝访甫于草堂[51]。一个是飘泊流寓的贫寒诗人，一个是雄镇一方的持节大吏。今得客地相依，非不是一种安慰。但不久，武被召还京[52]，甫直送他到离绵州（四川绵阳）三十里的奉济驿。我们读他的“江村独归处，寂寞养残生”之句[53]，那一种黯然惜别的情绪，直传入读者的心灵。

未几，剑南兵马使徐知道反[54]，以兵守要害拒严武，武至九月尚不得出巴[55]。其时，杜甫因避难入梓州（四川三台），冬复至成都迎家入梓[56]。十一月，往射洪之南的通泉[57]。次年（广德元年）春，他由梓州赴汉州（广汉）[58]，秋往阆州（阆中）[59]，冬末复回梓州[60]。他这样辗转飘泊了两年，而念念不忘的，只是一个成都草堂[61]。因为他居成都虽不久，而那草堂是他亲手一草一木经营起来的，所以不啻是第二故乡了。是年十月，吐蕃入寇，代宗出奔陕州，长安遂陷。他闻信之下，当然又有一番愤慨——我们看“西京疲百战，北阙任群凶；关塞三千里，烟花一万重”之句[62]就可知了。是岁补京兆功曹，不赴[63]。

次年（广德二年）春，复由梓州移家往阆州[64]，会严武再镇剑南，遂于春末携家由阆返成都。他此次复归草堂的情景是：

“旧犬喜我归，低徊入衣裾。邻里喜我归，沽酒携胡芦。大官喜我来，遣骑问所须。城郭喜我来，宾客隘村墟。”[65]

诗中洋溢着当时那种高兴的心情。

六月，入严武幕，武表为节度参谋检校、工部员外郎，赐绯鱼袋[66]。但杜甫的境况，并不因此改善，我们读《王录事许修草堂赀不到：聊小诘》一绝句便是证据。

而且他此次与严武相处，和前次的情形不同：因为前次两人只有故旧的关系，所以惟有诗酒相酬，情谊因而单纯深笃。此次却已变成了长官和僚属的关系，形迹上当然就不免有些障隔。加以“武在蜀放肆……慢倨不为礼”[67]，甫亦“或时不巾，而性褊躁傲诞”[68]。我们虽不必相信史家所说严武性情如何暴急，尝欲杀甫，其母奔救得止之事[69]。但可推想两人俱负才气，各不相下，是有的。所以杜甫对于严武虽说愿意“束缚酬知己，蹉跎效小忠”[70]，却总以为“白头趋幕府，深觉负平生”[71]；加以他看出同僚中对他妒忌，不免有“当面输心背面笑”[72]的态度，故不过七个月的相处[73]，他更决然地辞幕而归了。但他对于严武的友谊并未因此减损：他仍愿跟他“把酒……深酌，题诗……细论”[74]，而不幸的是严武不久即逝世[75]，这当然又是给他的一个非常重的打击。

严武逝世的次月，他就离草堂南下，本意欲往荆楚，先至戎州[76]（四川宜宾），旋至渝州[77]（重庆），六月至忠州[78]（忠县）。于此，始闻高适的死耗[79]，又于此，哭严武的归榇[80]。此时房琯已先卒[81]，房和高适、严武，都是杜甫生平最为知遇之人，今两人亦相继亡去，单剩我们这位五十四岁的诗人，当然不免要起孤零之感了。

同年秋，他从渝州至云安[82]（云阳）居之。是时当严武死后，蜀中坐镇乏人，因复陷于纷乱的状态。

“前年渝州杀刺史，今年开州杀刺史。群盗相随剧虎狼，食人更肯留妻子？”[83]

乃是当时的实况。他因而觉得云安亦非久居之地，便于次年（大历元年）春间东下夔州（奉节）[84]居之。夔州是历史上著名的地方，有后汉公孙述的白帝城，三国诸葛亮的八阵图等遗迹。他于此慷慨怀古，所作颇富。例如《秋兴八首》《诸将五首》《咏怀古迹五首》（后二题本编未选），都是此期的重要作品。黄山谷谓“少陵夔州以后诗，不烦绳削而自合”，盖言其诗至老而更成熟也。

他在夔州不过二年，而迁居凡四次：大历元年秋，寓居西阁[85]；次年（大历二年）春，迁赤甲[86]；三月，迁瀼西[87]，秋迁东屯[88]；未几，复自东屯归瀼西。在这样搬迁移徙的当中，他却颇享受些田园生活的乐趣。他彼时的环境是——

“仲夏流多水，清晨向小园。碧溪摇艇阔，朱果烂枝繁。始为江山静，终防市井喧。畦蔬绕茅屋，自足媚盘餐。”[89]

他彼时的工作是——

“长夏无所为，客居课奴仆。清晨饭其腹，持斧入白谷。”[90]

我们晓得他从长安出来之后，除在成都草堂的数年外，一径东奔西跑，未尝过过舒适的日子。这样的田园生活，总算是比较安宁的了，而且他在夔州，有的是“香稻三秋末，平畴百顷间”[91]，比之当初的“痴儿不知父子礼，叫怒索饭啼门东”[92]的景况，总该算是极大的改进。但是不知为什么，他觉得夔州仍旧不能安居，他只说“我今不乐思岳阳，身欲奋飞病在床”[93]，却没有说出“不乐”的缘故——或者飘泊生涯是诗人的本性所喜罢？

次年（大历三年）正月，他竟以“不乐”的缘故去夔出峡[94]，但结果是“入舟翻不乐，解缆独长吁”[95]。三月，到江陵[96]，而这理想中的江陵，也似乎不甚可恋，因为他只感着“年年非故物，处处是穷途”[97]，于是竟不知“更欲投何处”[98]了。但他终于不待过秋便“飘然去此都”而到公安[99]（故城在湖北公安东北）。

居公安自秋及暮冬[100]，所得的经验是——

“羁旅知交态，淹留见俗情。衰颜聊自哂，小吏最相轻。”[101]

由公安晓发[102]，南往岳州（湖南岳阳），在“潇湘洞庭白雪中”[103]度过残岁。次年（大历四年）正月，由岳州至潭州[104]（湘潭）。我们读他的《清明二首》之二云：

“此身飘泊苦西东，右臂偏枯半耳聋；寂寂系舟双下泪，悠悠伏枕左书空。”想见此老暮年的景况，真堪鼻酸！

未几，由潭州至衡州（衡阳），值夏苦热，因复回潭州[105]。时欲归襄汉，不果。自是率舟居。次年（大历五年）春，在长沙逢李龟年，有诗云——

“岐王宅里寻常见，崔九堂前几度闻。正是江南好风景，落花时节又逢君。”

李龟年是长安的乐工，尝入宫供奉，目击开元、天宝盛时京师的状况。此时相遇，彼此白头，自会话及当年遗事。想又曾引起我们这位垂暮诗人的无限伤感。

四月，臧玠乱作，他因避乱再入衡州[106]，本想到郴州（郴县）依舅氏崔伟，因至耒阳，泊方田驿[107]。

关于杜甫的卒时和卒地，因为史家记载之不同，遂引起注家不决的聚讼。《新唐书》本传云——

大历中，出瞿塘，下江陵，溯沅湘，以登衡山，因客耒阳。游岳祠，大水遽至，涉旬不得食。县令具舟迎之，乃得还。令尝馈牛炙、白酒，大醉，一夕卒，年五十九。

《旧唐书》本传云——

扁舟下峡，未维舟而江陵乱，乃溯沿湘流，游衡山，寓居耒阳。甫游岳庙，为暴水所阻，旬日不得食，耒阳令知之，自棹舟迎甫而还。永泰二年啖牛肉白酒，一夕而卒于耒阳，时年五十九。

《旧唐书》之“永泰二年”，其谬已不待辩；盖杜甫之因避臧玠乱而入衡州，已属不容疑义；而臧玠之乱是大历五年四月的事[108]，他何能在四年前先死呢？关于他的卒地，二书都说是耒阳，元稹的《墓志》则言——

扁舟下荆楚间，竟以寓卒，旅殡岳阳，享年五十九。

后来仇兆鳌以元稹作《墓志》在旧史之前，因谓“牛肉白酒”之说不足信，而断定杜甫之卒“当在潭岳之交，秋冬之际”。钱谦益则以为《史》《志》并不抵触，而信杜甫“卒于耒阳，殡于岳阳”。而或者又谓“耒、岳两地悬绝，更隔洞庭一湖；卒此殡彼，理不可信”。我们生千载后，既再找不出新鲜的证据，对于这样的聚讼，便属无法可以解决。好在无论他卒于耒阳或卒于岳阳，对于我们这位可怜诗人穷愁客死的事实，似乎没有很大的关系，所以我们也就不必深究了。我们晓得他人生的最后十三年，尽是在飘泊中度过的；而读他的“云白山青万余里，愁看直北是长安”两句[109]，便可见他到死都是不会忘长安的。

以上是杜甫生平事迹的概略。我们从此可见他是一个和政治及社会接触极密的诗人。政治和社会上无论哪种现象，都能给他以一种深刻的印象，而成为他写诗的冲动和题材。他绝对不像那种明哲保身的隐遁主义者，也决不像那种否定一切的超世主义者。他只认得“现实”，他没有一般诗人的那种理想境界。他认定现实是不能避免的，所以从不想去寻觅他的桃花源，也从不肯苟且安乐，而甘心跟现实奋斗到底。所以然者，因为他是一个道地的儒家信徒，他对于儒家治国平天下的观念，以及当年孔子毕生遑遑、席不暇暖的那种态度，都能切实地体会、笃信而实践。而其所以能成一个真正的儒家信徒，则又因他具有一种博大、深厚、普遍、充实的同情心之故。这种同情心是他人生的秉性，决不是虚伪的做作。我们从他的诗中可以读到他对君国[110]，对朋友[111]，对妻子[112]，对兄弟[113]，以至对路人[114]，对一草一木[115]……处处所流露的这种同情心。

唯其有这种博厚充实的同情心，同时有一种毫无虚伪的真诚态度，我们看他寄赠朋友的诗，随处都可看到一种忠实勤恳的语气。就是敷陈时事之作，也似乎只知直陈，不知忌讳。他似乎以为与其用峻刻的讽刺致伤忠厚，毋宁取憨直的指斥以全愚诚。你看他那《三绝句》的最后一绝——

“殿前兵马虽骁勇，纵暴略与羌浑同。闻道杀人汉水上，妇女多在官军中。”

他在当时君主专制的威严底下，居然敢如此的直说，我们真不能不佩服他的勇气。至于向来诗人所采用的婉讽法，他似乎是不甚赞成的。他那首《丽人行》里的“慎莫近前丞相嗔”一句，怕要算他生平最俏皮的一句话了。

以上所说杜甫人格上的两个特点——同情和忠实则是构成他的诗的伟大基石。因为诗的伟大，究竟还是靠着作者的人格的。

若从纯粹艺术的观点来论他，自来的批评家已有不少品评。宋朝的严沧浪道[116]——

少陵诗宪章汉、魏，而取材于六朝，至其自得之妙，则前辈所谓集大成者也。

秦淮海取前说详言之道——

“杜子美之于诗，实积众家之长，适当其时而已……于是子美穷高妙之格，极豪迈之气，包冲淡之趣，兼峻洁之姿，备藻丽之态，而诗家之作，所不及焉。”

《新唐书》本传赞，祖述元稹的评语道——

“逮开元间，稍裁以雅正，然恃华者质反，好丽者壮违。人得一概，皆自名所长。至甫，浑涵汪茫，千汇万状，兼古今而有之。他人不足，甫乃厌余。残膏剩馥，沾丐后人多矣。故元稹谓‘诗人已来，未有如子美者’。甫又善陈时事，律切精深，至千言不少衰，世号诗史。”

亦承认他的集大成，而又赞其本身的诗才之浩大宏富。至清代的赵翼，则又进一步，而揭出他的“真本领”的所在。他说[117]——

“宋子京《唐书·杜甫传赞》谓其诗‘浑涵汪茫，千汇万状，兼古今而有之’，大概就其气体而言。此外如荆公、东坡、山谷等，各就一首一句叹以为及，皆未说着少陵之真本领也。其真本领仍在少陵诗中“语不惊人死不休”一句。盖其思力沉厚，他人不过说到七八分者，少陵必说到十分，甚至有十二三分者。其笔力之豪劲，又足以副其才思之所至，故深人无浅语。”

他这样标出“思力沉厚”和“笔力豪劲”两点来说明杜

诗的“真本领”，确乎是很有见地。因为我们总都承认杜甫的艺术是近代批评家所谓写实派的艺术。写实派的大本领，须不但能够观察“物”的外象，而并须能够看进“物”的本真。要能够看进物的本真，就须具有一种深入的洞见（insight），这就是所谓“思力沉厚”了。例如“三吏”、“三别”等篇，都是描写当时民间不胜战争的苦楚的，而他能从一家一人身上见出战争的真意义，这非具有沉厚的思力断乎办不到的。但若单有洞见而不能将所洞见的如实描写得出来，那也仍旧枉然。故凡成功的写实派，又必兼具一种强劲的表现力（power of expression），这就是所谓“笔力之豪劲”了。杜甫的表现力决不是寻常的诗人及得来的，只看《北征》篇描写与家人见面时一段悲惨的情景，将妻子的号啕，儿女的狼狈，一一都使之活现在纸上，岂是没有真本领的作家办得到的？

不过这两种元素——深刻的洞见和强劲的表现力——是凡成功的诗人所同具的，尚不足为杜甫诗所以伟大的特别原因。我们若是彻底寻究杜诗的特征，大约可得下列三点——

（一）杜甫的诗境，着力向政治、历史、社会诸方面深入开拓。以政治、历史、社会为诗的题材，原不是杜甫开创的，但是《三百篇》以后的诗人，大都只把这个境界当做一小部分题材的泉源，不像杜甫竟将它当做一生著述的主要题材。他能将政治诗化，将历史诗化，将经世的策论诗化，将人物的评论诗化——就此点而论，中国直到现在的诗人，未有如杜甫者。

（二）杜甫对于诗的形式，曾有一种新的工夫，新的试验，新的发展。他的诗的大部分，虽仍采用普通的格律，但他在格律的束缚之中，仍旧能够自由活动。如《秋兴八首》，以个别的律向自成一个有机组织，也是前人所不曾有过的体制。至于古体，前人和他同代的诗人，总都有许多模拟古乐府的作品，连题目也完全袭用。他独能打破这种习惯，无论题目格调，都由自己独创——这又是他的特征之一。

（三）杜甫是以诗为终身事业的。他原是一个热心功名的人，但他并不只把诗当作余事。他以写诗为天职，无论处于怎样的境遇，都无不努力作诗——他可说是献身于诗的。这样的精神，也决不是寻常诗人所能及的。

至于充满着他诗中的那种忠君思想，或者要为近代的读者所不满。我们要知道，在杜甫的时代，忠君与爱国是相交织的，因为君是国的代表和象征。只有认清了这一层，我们才能正确理解屈原以降，古代爱国爱人民，而又有忠君思想的诗人和作家，也才能正确理解杜诗中的忠君思想。

1927年1月3日编者，于上海

---

[1]见唐·孟棨的《本事诗》“高逸第三”。　[2]见《祭远祖当阳君文》。　[3]以上均见《旧唐书》本传。　[4]《壮

游》云："七龄思即壮，开口咏凤凰。"又《进鹏赋表》云："自七岁所缀诗笔向四十载矣，约千有余篇。"可见他七岁便会做诗，只可惜他这些少年时的作品现在都不可见了。 [5]亦见《壮游》，又《三大礼赋》表云："浪迹陛下丰草长林，自弱冠之年。"可知他的初次出游当在二十岁左右。 [6]见《壮游》及《旧唐书》本传。按《唐摭言》："俊秀等科此皆考功主之。开元二十四年，廷议省郎位轻，不足以临多士，乃诏以礼部侍郎专之。"而《壮游》之"归帆拂天姥"后，有"忤下考功第"句，可知尚在二十四年改制之前，而吴、楚之游，为期亦不过三四年，归时当在二十三四岁也。 [7]见《赠李白》。 [8]集中《陪李北海宴历下亭》是游齐、鲁时所作。按李邕为北海太守在天宝初，此诗当作于天宝三四载，时年三十三四岁。 [9]见《旧唐书·玄宗纪》开元二十八年下。 [10]见《忆昔二首》之二。 [11]《壮游》云："放荡齐、赵间，裘马颇清狂……快意八九年，西归到咸阳。"从开元二十二三年不第出游起算八九年，知其归长安当在天宝四五载。 [12]编者不曾亲到长安，不晓得现在这些遗迹还都可按图寻觅否。这里所说，不过是根据诸家注以及《长安志·雍录》一类的记载，略为综合罢了。 [13]《三辅黄图》谓乐游原在杜陵西北，不知孰是。 [14]《三大礼赋》即《朝献太清宫赋》《朝享太庙赋》《有事于南郊赋》。进赋之年，《旧唐书》谓天宝末，《新唐书》谓天宝十三载，经后来注家考定，此事当在天宝十载。因《旧唐书·玄宗纪》

云："天宝十载正月八日壬辰，朝献太清宫，癸巳朝享太庙，甲午有事于南郊。"此与《进赋表》中"臣生长于陛下淳朴之俗，行四十载矣"之语相符合。 [15]《旧唐书》云："献《三大礼赋》，元宗奇之。"《新唐书》云："甫奏赋三篇，帝奇之。" [16]见《新唐书》本传。 [17]见《官定后戏赠》。 [18]见《新唐书》本传。 [19]见《自京赴奉先县咏怀五百字》。 [20]明皇召杨氏入宫在天宝三载。册为贵妃在四载八月。 [21]见《丽人行》。 [22]《前出塞九首之一》。 [23]见同前注。 [24]安史之乱以天宝十四年十一月安禄山起兵于范阳为开始，至宝应元年十月史朝义败亡为结局。 [25]《自京赴奉先县咏怀》中有"岁暮百草零"之句，而诗中未及乱事，可知他往奉先在禄山起兵之前，相距也亦必不甚远。 [26]《白水崔少府十九翁高斋三十韵》（本编未选）云："客从南县来，浩荡无与适；旅食白日长，况当朱炎赫。"可知他从奉先到白水在夏季。 [27]《三川观水涨二十韵》（本编未选）云："我经华原来，不复见平陆……火云无时出，飞电常在目。"可知亦在夏季。旧谱谓五月往白水，六月往鄜州，当即据此。 [28]六月。（见《通鉴》）。 [29]《得家书》云："西郊白露初。"《遣怀》云："寄书问三川，不知家在否……自寄一封书，今已十月后。"可推知他离家当在去年冬初。 [30]《述怀》云："今夏草木长，脱身得西走。"乃用陶潜诗"孟夏草木长"之句式。 [31]《述怀》云："涕泪受拾遗，流离主恩厚。"元稹《墓志》

与《新唐书》并云左拾遗，《旧唐书》云右拾遗。当以前说为是。 [32]武后置左右拾遗二人，掌供奉给谏（见《通典》）。[33]房琯罢相在至德二载四月。原因为兵败陈涛斜及收琴工董庭兰为门客事。 [34]《新唐书》本传云：“甫上疏言，罪细不宜免大臣。帝怒，诏三司推问。宰相张镐曰：甫若抵罪，绝言者路。帝乃解。” [35]见《述怀》。 [36]见《北征》。 [37]《北征》诗的后段，全是希望语。 [38]旧谱皆言至德二载十月上还西京，公扈从。仇兆鳌注据《收京》“生意甘衰白，天涯正寂寥。忽闻哀痛诏，又下圣明朝”等句，以为其至京当在十一月。按《旧唐书·肃宗纪》：“十一月朔，御丹凤楼下制……”可证仇说可信。 [39]贾至时为中书舍人，有《早期大明宫呈两省僚友》，公与王维、岑参各有所和。 [40]《曲江二首》。[41]集中有《冬末以事之东都》。 [42]集中《立秋后题》一诗，是将弃官时所作。 [43]《秦州杂诗》第二十首云：“晒药能无妇，应门亦有儿。”可知携家俱来也。 [44]见《发秦州》。 [45]见《成都府》。 [46]《见王十五司马弟出郭相访兼遗营草堂资》。 [47]见《寄题江外草堂》，又《堂成》有“频来语燕定新巢”句，是三月堂成。 [48]见《为农》《狂夫》《江村》等诗。 [49]见《百忧集行》。 [50]《奉酬严公寄题野亭之作》；《奉和严中丞西城晚眺十韵》；《中丞严公西中垂奇见忆一绝奉答二绝》。 [51]《严中丞枉驾见过》。[52]严武以宝应元年七月召还，拜京兆尹，为二圣山陵桥道使。

[53]《奉济驿重送严公四韵》。 [54]按《通鉴》：徐知道之乱在七月己未。 [55]见《九日奉寄严大夫》。 [56]有《光禄坂行》。 [57]有《早发射洪县南途中作》及《通泉驿南去通泉县十五里山水作》等诗。 [58]有《陪王濮州留杜绵州泛房公西湖》。 [59]有《王阆州筵奉酬十一舅惜别之作》。[60]见《发阆中》。 [61]见《寄题江外草堂》。 [62]《伤春五首》之一。 [63]见本传。又《奉寄别马州》原注云："时甫除京兆功曹，在东川。" [64]《王阆州筵奉酬十一舅惜别之作》有"千崖秋气高"之句，乃是广德元年之秋。《发阆中》诗有"别家三月一得书"句，知其由阆还梓在冬末，又知此次赴阆，家仍在梓州。而《江亭王阆州筵饯萧遂州》诗云："离亭非旧国，春色是他乡"，知次年春二次赴阆州。又据《自阆州领妻子欲赴蜀山行三首》，知第二次赴阆，始携家俱往。 [65]《草堂》。 [66]唐时官服分三等：最初等青袍鱼袋，次绯袍鱼袋，最上青紫。 [67]《新唐书·严武传》。 [68]《新唐书·杜甫传》。 [69]同上。 [70]《遣闷奉呈严公二十韵》。[71]《正月三日归溪上有作简院内诸公》。 [72]《莫相疑行》。 [73]公以六月入幕，至次年（永泰元年）正月辞幕，止七个月。 [74]《敝庐遣兴奉寄严公》。 [75]严武以永泰元年四月卒。 [76]有《宴戎州杨使君东楼》。 [77]有《渝州候严六侍御不到先下峡》。 [78]有《宴忠州使君侄宅》，题《忠州龙兴寺所居壁院》。 [79]高适以永泰元年正月卒。

集中有《闻高常侍亡》一首，原注：“忠州作。” [80]有《哭严仆射归榇》。 [81]房琯以广德元年八月卒于阆州。 [82]有《云安九日郑十八携酒陪诸公宴》。 [83]《三绝句》之一。 [84]有《移居夔州作一首》。 [85]有《西阁雨望》等诗六首。 [86]有《赤甲》一首。 [87]有《卜居》一首，《暮春题瀼西新赁草屋五首》。 [88]有《自瀼西荆扉且移居东屯茅居四首》。 [89]《园》。 [90]《课伐木》。 [91]《茅堂检校收稻二首》。 [92]《百忧集行》。 [93]《寄韩谏议》注。 [94]有《大历三年春白帝城放船出瞿塘峡四十韵》。 [95]同上。 [96]有《暮春江陵送马大卿公恩命追赴阙下》。 [97]《地隅》。 [98]《舟中出江陵南浦奉寄郑少尹审》。 [99]见前注及《移居公安山馆》。 [100]陆游《入蜀记》：公《移居公安》诗云：“水烟通草径，秋露接园葵。”而《留别大易》云：“白云仍含冻，红梅已放春。”则是以秋至此县，暮冬始去也。 [101]《久客》。 [102]《晓发公安》。 [103]《岁宴行》。 [104]有《过南岳入洞庭湖》。 [105]有《发潭州》《衡山送李大夫七丈勉赴广州》，及《回棹》等。 [106]见《入衡州》。 [107]见《聂耒阳以仆阻水书致酒肉疗饥荒江诗得代怀兴尽本韵至县呈聂令陆路去方田驿四十里舟行一日时属江涨泊于方田》。 [108]见《旧唐书·代宗纪》。 [109]《小寒食舟中作》。 [110]例如《哀江头》《哀王孙》等。 [111]最好的例如《梦李白二首》。 [112]最好的例如《北征》。 [113]例如《约舍弟观书》。 [114]例如《石壕吏》。 [115]例如《寄题江外草堂》。 [116]见《沧浪诗话》。 [117]见《瓯北诗话》。

目　录

游龙门奉先寺①

已从招提②游，更宿招提境。阴壑生虚籁③，月林散清影。天阙象纬逼④，云卧衣裳冷。欲觉闻晨钟，令人发深省。

---

①龙门：山名，即伊阙，在河南洛阳南。　②招提：私造寺院也。《唐会要》："官赐额为寺，私造者为招提兰若。"《僧辉记》："招提者，梵言拓斗提奢，唐言四方僧物。后人传写，以'拓'，为'招'，又省'斗'，'奢'二字，止称招提，即今十方住持寺院也。"　③虚籁：谓风也。谢庄《月赋》："声林虚籁。"　④天阙：即谓龙门。韦述《东都记》："龙门号'双阙'，以与大内对峙，若天阙然。"象纬：星也。逼：言山之高，仰视星辰若逼近也。

望　岳①

岱宗②夫如何，齐、鲁③青未了。造化钟神秀，阴阳割昏晓④。荡胸生曾⑤云，决眦入归鸟⑥。会当临绝顶，一览众山小。

①岳：谓泰山。　②岱宗：泰山之别名。《元和郡国志》："泰山一名岱宗。"　③《史记·货殖列传》："泰山之阳则鲁，其阴则齐。"　④阴阳：山后为"阴"，日光不到，故易昏；山前为"阳"，日光先临，故易"晓"。割：分也。　⑤曾：通作"层"。　⑥决：裂也。眦：目眶也。言登览之远，摅决其目力视归鸟之群也。

赠李白

秋来相顾尚飘蓬，未就丹砂愧葛洪[①]。痛饮狂歌空度日，飞扬跋扈为谁雄[②]？

①《晋书》："葛洪闻交趾出丹砂，求为勾漏令……至广州，止罗浮山炼丹。"　②飞扬跋扈：形容不受拘束也。李白性倜傥，好纵横术；少喜弄剑任侠，尝手刃数人，故作者以飞扬跋扈目之。

陪李北海宴历下亭[①]

东藩驻皂盖[②]，北渚凌青荷。海内此亭古，济南[③]名士多④。云山已发兴，玉佩仍当歌。修竹不受暑，交流⑤空涌波。蕴真⑥惬所遇，落日将如何。贵贱俱物役，从公难重过⑦。

---

①李北海：李邕也。邕以天宝初为汲郡北海太守。北海郡即青州，唐属河南道，故城在山东昌乐东南。历下亭：在山东济南大明湖上。　②北海郡在当时京师之东，故曰“东藩”。《后汉书》：“太守二千石则皆皂盖朱两幡。”皂（zào）：黑色。皂盖：古代官员所用黑色篷伞。幡：旗幡。朱两幡：两面朱红色的旗幡。③历城，在济水之南，故曰济南。　④原注：“时，邑人蹇处士等在坐。”　⑤交流：即历水。《三齐记》：“历水出历祠下，众源竞发，与泺水同入鹊山湖，所谓交流也。”　⑥蕴真：谓蕴藏真趣也。　⑦言后会无期也。重：读平声。

赠李白

二年客东都①，所历厌机巧。野人对膻腥，蔬食常不饱②。岂无青精饭③，使我颜色好。苦乏大药④资，山林迹如扫。李侯金闺彦⑤，脱身事幽讨⑥。亦有梁宋⑦游，方期拾瑶草⑧。

---

①东都：洛阳也。　②草食曰“膻”，牛羊之属；水族曰“腥”，鱼鳖之属。言腥膻非己所堪，宁不饱其蔬食，盖恶机巧而思去之。　③采南烛枝叶，捣汁浸米，蒸饭曝干，坚而色碧，道

家谓之“青精饭”，久服养颜延寿（见《图经本草》引《陶隐居登真隐诀》）。　④大药：道家服食以成仙之金丹也。《丹书》引《抱阳山人大药证》云：“夫大药者，须炼砂中汞，能取铅里金，黄芽为根底，水火炼功深。”　⑤金闺：金马门也。金马门，汉代宫门名，学士待诏之处。彦：彦美，士也。李白尝供奉翰林，故云。江淹《别赋》：“金闺之诸彦。”　⑥幽讨：犹言寻幽访道也。⑦梁、宋故国，为河南北部之地。按李白以天宝初入翰林，旋赐金放还，游海岱间，至洛阳，而游梁最久。　⑧拾瑶草：喻求仙也。瑶草即玉芝，道家以为服之可成仙。

高都护骢马行

安西都护①胡青骢，声价欻然②来向东。此马临阵久无敌，与人一心成大功。功成惠养随所致，飘飘远自流沙③至。雄姿未受伏枥恩，猛气犹思战场利。腕促蹄高如踣铁④，交河⑤几蹴曾冰裂。五花⑥散作云满身，万里方看汗流血⑦。长安壮儿不敢骑，走过掣电倾城知。青丝络头⑧为君老，何由却出横门道⑨。

---

①《旧唐书》：“贞观十七年，置安西都护府于西州。显庆三年，移治龟兹国城。于阗以西波斯以东十六都督府隶焉。”②欻（xū）然：忽然。　③流沙：古时沙漠之称。《天马歌》：

"天马来从西极涉流沙。" ④《相马经》:"马腕欲促,促则健;蹄欲高,高耐险峻。"踣铁:言马蹄之坚可破铁。踣(pòu):破也。 ⑤交河:唐郡名,故城在新疆吐鲁蕃西约二十里。⑥五花:马毛色也。 ⑦《汉书注》:"大宛旧有天马种,蹋石汗血,汗从肩髆小孔中出,如血。"蹋(tà):同"踏"。有踏破之意。 ⑧《古乐府》:"青丝缠马尾,黄金络马头。"⑨横门:长安城门名。《三辅黄图》:"长安城北出西头第一门曰横门。"程大昌《雍录》:"自横门渡渭而西,是趋西域之路。"

饮中八仙①歌

知章②骑马似乘船,眼花落井水底眠。汝阳③三斗始朝天,道逢曲车口流涎,恨不移封向酒泉④。左相日兴费万钱,饮如长鲸吸百川,衔杯乐圣称世贤⑤。宗之⑥萧洒美少年,举觞白眼望青天,皎如玉树临风前。苏晋⑦长斋绣佛前,醉中往往爱逃禅⑧。李白一斗诗百篇,长安市上酒家眠。天子呼来不上船,自称臣是酒中仙⑨。张旭三杯草圣传,脱帽露顶王公前,挥毫落纸如云烟⑩。焦遂⑪五斗方卓然,高谈雄辩惊四筵。

---

①李阳冰《草堂集序》云:"公(李白)出入翰林中……害能成谤,帝用疏之。乃浪迹纵酒,以自昏秽。与贺知章、崔宗之等自为八仙之游。"范传正《李白新墓碑》云:"在长安时,时人以公

及贺监，汝阳王，崔宗之，裴周南等八人为酒中八仙。”按此诗所咏八仙之数，有苏晋而无裴周南，且苏晋以开元二十二年卒，时间上亦不符矣。　②贺知章：会稽永兴人，性放旷，晚年尤纵诞无复规检，自号四明狂客，又称秘书外监。天宝三载，上疏请度为道士（见《旧唐书》）。　③让皇帝（玄宗）长子琎封汝阳郡王，与贺知章、褚庭诲为诗酒之交（见《旧唐书》）。　④《三秦记》：“酒泉郡城下有金泉，泉味如酒，故名酒泉。”　⑤左相：谓李适之。适之雅好宾客，饮酒一斗不乱。天宝元年为左丞相。五载罢，赋诗云：“避贤初罢相，乐圣且衔杯。”（见《旧唐书》）。　⑥宗之：崔宗之，日用之子，袭封齐国公，为侍御史，谪金陵，与李白诗酒唱和（见《旧唐书》本传及李白传）。⑦苏晋：珦之子，数岁知文，历官户吏两部侍郎，终太子左庶子（见《新唐书》）。　⑧逃禅：王嗣奭云：“醉酒而悖其教，故曰‘逃禅’。”　⑨范传正《李白新墓碑》：“明皇泛白莲池，公不在宴。皇欢既洽，召公作序。时公已被酒翰苑中，命高将军扶以登舟。”　⑩吴郡张旭与贺知章相善。旭善草书而好酒，每醉后号呼狂走，索书挥洒，变化无穷，若有神助（见《旧唐书》）。⑪袁郊《甘泽谣》：“陶岘，开元中家于昆山，自制三舟，客有前进士孟彦深，孟云卿，布衣焦遂，共载游山水。”

今夕行

今夕何夕岁云徂，更长烛明不可孤。咸阳①客舍一事无，相与博塞②为欢娱。冯陵③大叫呼五白④，袒跣不肯成枭庐⑤。英雄有时亦如此，邂逅岂即非良图？君莫笑，刘毅从来布衣愿，家无儋石输百万⑥。

---

①咸阳：故城在陕西西安东。　②博塞：同“簙簺”，局戏也。《庄子》：“问谷奚事，则博塞以游。”　③冯（píng）陵：意气发扬貌。　④五白：《楚辞·招魂》：“成枭而牟，呼五白些。”王逸注云：“五白，博齿也。”　⑤《广雅》：“箸，簺也，今名骰子。博以五木为簺，有枭、卢、雉、犊、塞五者，为胜负之采。”枭、卢，皆贵采。　⑥《南史·刘毅传》：“刘毅家无儋石储，摴蒱一掷百万。”儋（dàn）石：即罂，储米具，容量二斛。樗（chū）蒱，一种博戏。“蒱”亦作“蒲”。

奉赠韦左丞①丈二十二韵

纨绔②不饿死，儒冠多误身。丈人试静听，贱子请具陈。甫昔少年日，早充观国宾③。读书破万卷，下笔如有神。赋料扬雄④敌，诗看子建⑤亲。李邕求识面⑥，王翰愿卜邻⑦。自谓颇挺出，立登要路津。致君尧舜上，再使风俗淳。此意竟萧条，行歌非隐沦[8]。骑驴三十载，旅食京华春。朝扣富儿门，暮随肥马尘。残杯与冷炙，到处潜悲辛。主上顷见征[9]，欻然[10]欲求伸。青冥却垂翅[11]，蹭蹬无纵鳞[12]。甚愧丈人厚，甚知丈人真。每于百僚上，猥诵佳句新。窃效贡公喜[13]，难甘原宪贫[14]。焉能心怏怏？只是走踆踆[15]。今欲东入海，即将西去秦。尚怜终南山[16]，回首清渭[17]滨。常拟报一饭，况怀辞大臣。白鸥没浩荡，万里谁能驯？

---

①左丞：《旧唐书·韦济传》：“天宝七载，为河南尹，迁尚书左丞。”《奉寄河南韦尹丈》诗原注云：“甫故庐在偃师，承韦公频有访问。”　②纨绔：《汉书·班伯传》：“在绮襦纨绔之间。”注：“绮，细绫；纨，素也。并贵戚子弟服。”　③观国宾：见《易经》：“观国之光，利用宾于王。”居近得位之义也。按黄鹤《年谱》，开元二十二年，游吴、越归赴乡举，《上韦左丞诗》云云，是年方二十三岁。　④扬雄：字子云，长于词赋。汉成帝时，召对承明庭，奏《甘泉》《河东》《长扬》《羽猎》四赋（见《汉书》本传）。　⑤子建：即三国魏之曹植，字子建。文才富艳，谢灵运极推重之。所著诗文有《曹子建集》，凡十卷（见《魏志》本传）。　⑥《新唐书》：“甫少贫不自振，客齐、赵、吴、越间，李邕奇其才，先往见之。”　⑦王翰：并州晋阳人，及进士第。张说辅政，召为秘书正字，终道州司马（见《唐书·文苑传》）。　⑧隐沦：桓谭《新论》：“天下神人五：一曰神仙，二曰隐沦。”　⑨据黄鹤《年谱》，天宝六载，诏天下有一艺，诣毂下。李林甫命尚书省试，皆下之。遂贺“野无遗贤”。公

应诏而退。　⑩见前《高都护骢马行》注②。　⑪垂翅：喻失意也。王通《东征赋》："道之不行兮，垂翅东归。"　⑫蹭蹬：失势貌。纵鳞：犹言奋鳞，振鳞。　⑬贡公：贡禹，汉琅邪人，与王吉为友。刘峻《广绝交论》："王阳登则贡公喜。"吉字子阳，故曰王阳。　⑭原宪：春秋时宋人，孔子弟子。家贫，匡坐而弦歌。子贡往见之，曰："嘻，何病？"原宪曰："今宪贫也，非病也。"（见《史记·原宪传》）　⑮逡逡（qūn）：却退貌。⑯终南山：在长安南。怜者：言不忍去之也。　⑰渭水在长安北。渭清而泾浊，故曰清渭。

送孔巢父[①]谢病归游江东兼呈李白

巢父掉头不肯住，东将入海随烟雾。诗卷长留天地间，钓竿欲拂珊瑚树[②]。深山大泽龙蛇远[③]，春寒野阴风景暮。蓬莱织女回云车，指点虚无是征路。自是君身有仙骨，世人那得知其故。惜君只欲苦死留，富贵何如草头露。蔡侯[④]静者意有余，清夜置酒临前除[⑤]。罢琴惆怅月照席，几岁寄我空中书？南寻禹穴[⑥]见李白，道甫问信今何如。

---

①孔巢父：字弱翁，冀州人。早勤文史，少与李白、韩准、张叔明、陶沔隐于徂徕山，酣歌纵酒，时号"竹溪六逸"。永王璘赴江淮，闻其贤，以从事辟之。巢父察其必败，侧身潜遁，由是知名。兴

元元年于河中遇害。　②珊瑚树：生海底，故曰拂也。　③虵（shé）：同“蛇”。《左传》：“深山大泽，实生龙虵。”　④蔡侯：当是设饯之主人。　⑤除：门与屏风之间的地方。　⑥禹穴：在会稽，相传为禹所葬之地。

兵车行

车辚辚，马萧萧，行人弓箭各在腰。耶娘妻子走相送，尘埃不见咸阳桥①。牵衣顿足拦道哭，哭声直上干云霄。道傍过者问行人，行人但云：“点行频。或从十五北防河②，便至四十西营田③。去时里正与裹头，归来头白还戍边。边亭流血成海水，武皇④开边意未已。君不闻，汉家山东二百州⑤，千村万落生荆杞。纵有健妇把锄犁，禾生陇亩无东西。况复秦兵耐苦战，被驱不异犬与鸡。”“长者虽有问，役夫敢申恨？且如今年冬，未休关西⑥卒。县官急索租，租税从何出？信知生男恶，反是生女好。生女犹得嫁比邻，生男埋没随百草。”君不见，青海⑦头，古来白骨无人收。新鬼烦冤旧鬼哭，天阴雨湿声啾啾。

---

①咸阳桥：即中渭桥。《长安志》云：“中渭桥在咸阳东南二十里，贯渭水上。”　②开元中，吐蕃侵扰河右，以陇右、河西、关中等处兵十余万防之，故曰“防河”。　③营田：唐开军府以捍要冲，因隙地以置“营田”，有警则以军若夫千人助役（见《旧

唐书·食货志》）。 ④唐人诗称明皇多云武皇。王昌龄诗：“白马金鞍从武皇。” ⑤山东：谓太行山以东之地。《十道四蕃志》：“关以东七道，凡二百一十一州。” ⑥《通鉴》：“天宝九载十二月，关西游弈使王难得击吐蕃，克五桥，拔树敦城。”此云“今年冬”，或即指此。 ⑦青海：《旧唐书》：“吐谷浑有青海，周国八九百里。”按此青海系指今青海境内之大湖而言。

病后过王倚饮赠歌

麟角凤嘴世莫辨，煎胶续弦奇自见①。尚看王生抱此怀，在于甫也何由羡②。且遇王生慰畴昔③，素知贱子甘贫贱。酷见④冻馁不足耻，多病沉年⑤苦无健。王生怪我颜色恶，答云：“伏枕艰难遍。疟疠三秋孰可忍，寒热百日相交战。头白眼暗坐有胝⑥，肉黄皮皱命如线。”惟生哀我未平复，为我力致美肴膳。遣人向市赊香粳，唤妇出房亲自馔。长安冬菹⑦酸且绿，金城土酥⑧净如练。兼求畜豪⑨且割鲜，密沽斗酒谐终宴。故人情义晚谁似，令我手脚轻欲旋。老马为驹⑩信不虚，当时得意况深眷。但使残年饱吃饭，只愿无事常相见。

---

①《十洲记》：“凤麟洲在西海之中央。洲上专多凤麟……仙家煮凤喙及麟角合煎作胶，名之为集弦胶，或名连金泥，以能连弓弩断弦也。剑折亦以胶连之。”此喻王生以美馔愈疾，如仙胶之续

绝弦也。　②言王生怀麟角凤嘴之奇，而因自愧其无可羡也。③慰畴昔：言慰己宿愿也。　④酷见：犹云惨逢也。《世说》：陶侃家酷贫。　⑤沉年：终年也。　⑥胝（zhī）：坐久皮厚也。　⑦菹：酸菜。另，与“齑”义同。细切曰齑，全物曰菹。⑧酥：酪属，以牛羊乳为之。《西河旧事》云：“祈连山在张掖、酒泉二郡界上，牛羊充肥，乳酪酴好……作酥特好。”金城塞在酒泉郡（甘肃酒泉境），故曰金城土酥。　⑨畜豪：即豪猪也，亦名箭猪。　⑩《诗·角弓》：“老马反为驹，不愿其后。”注：“已老矣，而孩童慢之。”此言王生情义之厚，不以老而慢我。

示从孙济[1]

平明跨驴出，未知适谁门。权门多噂[2]沓，且复寻诸孙。诸孙贫无事，宅舍如荒村。堂前自生竹，堂后自生萱[3]。萱草秋已死，竹枝霜不蕃[4]。淘米少汲水，汲多井水浑。刈葵[5]莫放手，放手[6]伤葵根。阿翁懒惰久，觉儿行步奔。所来为宗族，亦不为盘飧。小人利口实[7]，薄俗难可论。勿受外嫌猜[8]，同姓古所敦。

---

①济：字应物，杜预十四代孙，东川节度兼京兆尹。　②噂沓（zūn tā）：聚语貌。《诗·小雅》：“噂沓背憎。”《笺》云：“噂噂沓沓，相对谈语，背则相憎也。”意当面一套，背后一套。

③萱：多年生草，一名忘忧，叶似菖蒲而柔狭。 ④蕃：茂也。⑤葵：蔬类植物。《古诗》：“采葵莫伤根，伤根葵不生；结交莫羞贫，羞贫交不成。” ⑥放手：犹言不顾也。李刘《贺黄运使启》：“数进忠规，刈葵惟恐其放手。” ⑦口实：犹俗言话柄。《书》：“予恐来世以台为口实。” ⑧外嫌猜：谓外人嫌疑而生猜忌。

乐游园歌[①]

乐游古园崒[②]森爽，烟绵碧草萋萋长。公子华筵势最高，秦川对酒平如掌[③]。长生木瓢[④]示真率，更调鞍马狂欢赏。青春波浪芙蓉园[⑤]，白日雷霆夹城仗[⑥]。阊阖晴开昳荡荡[⑦]，曲江翠幕排银榜[⑧]。拂水低徊舞袖翻，缘云清切歌声上。却忆年年人醉时，只今未醉已先悲。数茎白发那抛得，百罚深杯亦不辞。圣朝亦知贱士丑，一物[⑨]自荷皇天慈。此身饮罢无归处，独立苍茫自咏诗。

---

①原注：“晦日贺兰杨长史筵醉中作。”《长安志》云：“乐游原在万年县（明清为陕西咸宁县，后并入西安）南八里。”《汉书·宣帝纪》：“神爵三年（公元59年），起乐游苑。”唐贞元四年，敕正月“晦日”文武百僚赐钱以充宴会。 ②崒：通作“萃”，聚也。 ③《三秦记》：“长安正南秦岭，岭根水流为

秦川。”按此秦川，系言秦地。《方舆纪要》云：“陕西谓之秦川。”沈佺期诗：“秦地平如掌。” ④瓢：盛酒器也。以长生木为之，故曰“长生木瓢”。 ⑤《雍录》：“曲江（在西安东南）之北为乐游原及乐游苑，汉宣帝乐游庙也。庙在唐世，基迹尚存，与唐之芙蓉园，芙蓉池皆相并也。” ⑥韦述《西京杂记》：“开元二十年，筑夹城，入芙蓉园。”仗：仪仗之仗，兵卫也。 ⑦阊阖：天门也，此指宫门。昳：通作“詄（dié）”。汉《郊祀歌》：“天门开，詄荡荡。”如淳曰：“詄荡荡，天体坚清之状也。”

⑧银榜：宫墙上之银牌也。张正见诗：“银榜映仙宫。” ⑨一物：指酒，犹陶公云“杯中物”。谓虽已被朝廷所弃，而天犹见怜，假以一饮之缘也。江淹诗：“一物之微，有足悲者。”

曲江三章章五句

曲江萧条秋气高，菱荷枯折随风涛，游子空嗟垂二毛①。白石素沙亦相荡，哀鸿独叫求其曹。

即事②非今亦非古，长歌激越捎林莽③，比屋豪华固难数。吾人甘作心似灰。弟侄何伤泪如雨。

自断此生休问天④，杜曲⑤幸有桑麻田，故将移住南山边。

短衣匹马随李广，看射猛虎终残年⑥。

---

①《左传》：“不禽二毛。”注：“头白有二色也。” ②即事：就眼前之事物言也。陶渊明诗：“即事多所欣。” ③捎：拂也。另本作“梢”。林莽：草木深邃处也。《汉书》：“罗千乘于林莽。” ④问天：《楚辞·天问篇》序：“《天问》者，屈子之所作也。何不言问天？天尊不可问。” ⑤杜曲：在陕西西安南。《雍录》：“樊川韦曲东有南杜、北杜。杜固谓之南杜，杜曲谓之北杜。二曲，名胜之地。” ⑥射猛虎：汉李广屏居蓝田南山中，狩猎见草中石，疑以为虎而射之，矢中石没羽。广所居郡有虎，常自射之（见《汉书·李广传》）。

白丝行

缫丝须长不须白，越罗蜀锦金粟尺①。象床玉手乱殷红，万草千花动凝碧②。已悲素质随时染，裂下鸣机色相射。美人细意熨贴平，裁缝灭尽针线迹。春天衣着为君舞，蛱蝶飞来黄鹂语。落絮游丝③亦有情，随风照日宜轻举。香汗轻尘污颜色，开新合故④置何许。君不见才士汲引难，恐惧弃捐羁忍旅。

---

①金粟尺：富贵家尺以金粟饰之。 ②象床：以象牙饰床

也。殷红：深红。凝碧：深碧也。言丝织为罗、锦，遂有殷红、凝碧之色，故曰“不须白”。 ③游丝：谓柳丝也。 ④衣裳在笥，故有开合。

贫交行

翻手作云覆手雨①，纷纷轻薄何须数。君不见管鲍②贫时交，此道今人弃如土。

---

①以云雨之变化无恒，喻人之相交反复无定也。 ②管鲍：春秋时鲍叔牙与管仲相友善。管仲尝曰：“生我者父母，知我者鲍子。”故后世之言友谊，必称“管鲍”。

前出塞①九首

戚戚去故里，悠悠赴交河②。公家有程期③，亡命婴祸罗④。君已富土境，开边一何多。弃绝父母恩，吞声行负戈。

出门日已远，不受徒旅欺。骨肉恩岂断，男儿死无时。走马脱辔头，手中挑青丝。捷下万仞冈，俯身试搴旗。

磨刀呜咽水⑤，水赤刃伤手。欲轻肠断声，心绪乱已久。

丈夫誓许国，愤惋复何有。功名图骐骥⑥，战骨当速朽。

送徒既有长⑦，远戍亦有身。生死向前去，不劳吏怒瞋。路逢相识人，附书与六亲⑧。哀哉两决绝，不复同苦辛。

迢迢万余里，领我赴三军。军中异苦乐，主将宁尽闻。隔河见胡骑，倏忽数百群。我始为奴仆，几时树功勋。

挽弓当挽强，用箭当用长。射人先射马，擒贼先擒王。杀人亦有限，列国自有疆。苟能制侵陵，岂在多杀伤。

驱马天雨雪，军行入高山。径危抱寒石，指落曾冰间。已去汉月远，何时筑城还？浮云暮南征，可望不可攀。

单于⑨寇我垒，百里风尘昏。雄剑⑩四五动，彼军为我奔。虏其名王⑪归，系颈授辕门。潜身备行列，一胜何足论。

从军十年余，能无分寸功。众人贵苟得⑫，欲语羞雷同。中原有斗争，况在狄与戎。丈夫四方志，安可辞固穷⑬。

---

①出塞：《晋书·乐志》：“《出塞》《入塞》曲，李延年造。”天宝末，哥舒翰贪功于吐蕃，乃征秦、陇之兵赴交河。此诗即为此而作。　②交河：见《高都护骢马行》注⑤。　③程

期：谓程限期会也。 ④婴：遭受。祸罗：灾祸之网罗也。 ⑤呜咽水：谓陇水也。《三秦记》引俗歌："陇头流水，鸣声幽咽，遥望秦川，肝肠断绝。" ⑥骐驎：同"麒麟"，阁名，汉时图画功臣之像于上。《汉书》："甘露三年，图画霍光等一十八人于麒麟阁。" ⑦长：谓遣送徒役之吏也。 ⑧六亲：谓父、母、兄、弟、妻、子也。 ⑨单于：音善于，匈奴君长之称。 ⑩雄剑：《烈士传》："楚王命镆铘铸双剑。铘留雄而以雌进。" ⑪名王：《史记·匈奴列传》："虏名王贵人以百数。"注："名王谓，有大名，以别于诸小王也。" ⑫苟得：《荀子》："名不贵苟得。" ⑬固穷：《论语》："君子固穷，小人穷，斯滥矣。"

叹庭前甘菊花

庭前甘菊移时晚①，青蕊②重阳不堪摘。明日萧条醉尽醒，残花烂漫开何益？篱边野外多众芳，采撷细琐升中堂。念兹空长大枝叶，结根失所埋风霜③。

---

①移时晚：谓移植已晚矣。 ②蕊（ruǐ）：花心。 ③谓野花细琐，反得升中堂；此花空有大枝叶，乃以结根失所而致埋于风霜。

醉时歌[①]

诸公衮衮登台省，广文先生官独冷[②]。甲第纷纷厌粱肉，广文先生饭不足。先生有道出羲皇，先生有才过屈宋。德尊一代常坎轲[③]，名垂万古知何用。杜陵野客[④]人更嗤，被褐短窄鬓如丝。日籴太仓五升米[⑤]，时赴郑老同襟期。得钱即相觅，沽酒不复疑。忘形到尔汝，痛饮真吾师。清夜沉沉动春酌，灯前细雨檐花落。但觉高歌有鬼神，焉知饿死填沟壑。相如逸才亲涤器[⑥]，子云识字终投阁[⑦]。先生早赋《归去来》[⑧]，石田茅屋荒苍苔。儒术于我何有哉，孔丘盗跖俱尘埃。不须闻此意惨怆，生前相遇且衔杯。

---

①原注："赠广文馆博士郑虔。"《新唐书·郑虔传》："玄宗爱虔才，欲置左右以不事事，更置广文馆，以虔为博士，在官贫约，甚淡如也。"诗人叹广文先生，亦自叹耳。　②官独冷：唐制，御史台、中书省、尚书省、门下省皆清淡之职。　③坎轲：同"轗轲"，不遇也。《楚辞·七谏》："年既过大半兮，愁轗轲而留滞。"　④杜陵野客：杜陵在长安南五十里，杜甫尝居之。作者自谓。　⑤太仓米：天宝十二载八月，京师霖雨，米贵，出太仓米十万减价粜与穷人（见《旧唐书》）。　⑥相如：汉司马相如既还蜀，令文君当垆，而亲自涤器于市中（见《汉书》本传）。　⑦子云：汉扬雄字，尝校书于天禄阁（见《汉书》本传）。　⑧《归去来》：晋陶渊明作《归去来兮辞》。

醉歌行[1]

陆机二十作《文赋》[2]，汝更小年能缀文。总角[3]草书又神速，世上儿子徒纷纷。骅骝作驹已汗血，鸷鸟举翮连[4]青云。词源倒流三峡水[5]，笔阵独扫千人军。只今年才十六七，射策[6]君门期第一。旧穿杨叶真自知，暂蹶霜蹄未为失。偶然擢秀非难取，会是排风有毛质。汝身已见唾成珠[7]，汝伯何由发如漆。春光淡沲[8]秦东亭，渚蒲芽白水荇青[9]。风吹客衣日杲杲，树搅离思花冥冥。酒尽沙头双玉瓶，众宾皆醉我独醒。乃知贫贱别更苦，吞声踯躅涕泪零。

---

①原注："别从侄勤落第归。"　②《文赋》：晋陆机年二十而退临旧里，心识文体，故作《文赋》（见《晋书》本传）。③总角：谓总聚其发而结束之也，转为男子未成年之别称。　④连：至也，杜甫诗尝用之，如："一去紫台连朔漠"，"鸿雁影成连峡内"是也。　⑤三峡：在川楚间大江中，即瞿塘峡、巫峡、西陵峡，长七百里，两岸连山，绝无断处。往昔江水为峡所束缚，滩多水急，舟行极险。此云倒流三峡水，极喻词源之旺也。　⑥射策：为问难疑义，书之于策，量其大小，署为甲乙之科（见《汉书》注）。　⑦唾成珠：赵壹诗："咳唾自成珠。"　⑧淡沲（tuó）：犹淡荡也。富嘉谟诗："春光淡沲度千门。"沲，同"沱"。　⑨蒲、荇：皆水中草，蒲始生有芽而白；荇在水而青。

丽人行[1]

三月三日天气新，长安水边多丽人[2]。态浓意远淑且真，肌理细腻[3]骨肉匀。绣罗衣裳照暮春，蹙金[4]孔雀银麒麟。头上何所有？翠为㔩叶[5]垂鬓唇。背后何所见？珠压腰衱[6]稳称身。就中云幕椒房[7]亲，赐名大国虢与秦[8]。紫驼之峰出翠釜[9]，水精之盘行素鳞。犀箸[10]厌饫久未下，銮刀缕切[11]空纷纶。黄门飞鞚[12]不动尘，御厨络绎送八珍[13]。箫鼓哀吟感鬼神，宾从杂遝实要津。后来鞍马何逡巡，当轩下马入锦茵。杨花雪落覆白蘋[14]，青鸟飞去衔红巾[15]。炙手可热[16]势绝伦，慎莫近前丞相瞋[17]！

---

①朱注："此刺诸杨游宴曲江也。" ②《旧唐书》："玄宗每年十月幸华清宫，国忠姊妹五家扈从。每家为一队，着一色衣；五家合队，照映如百花之焕发。遗钿坠舄，瑟瑟珠翠，灿烂芳馥于路。而国忠私于虢国，不避《雄狐》之刺。每入朝，或联镳方驾，不施帷幔。每三朝庆贺五鼓待漏，靓装盈巷，蜡炬如昼。" ③肌理：皮肤也。腻：滑也。《楚辞·招魂》："靡颜腻理。" ④蹙金：谓以金线绣衣，其纹绉缩者。 ⑤㔩（è）叶：《玉篇》："㔩采，妇人头花髻饰。"翠为㔩叶者，言以翡翠为㔩采之叶也。 ⑥腰衱（zī）：裙腰也，以珠缀之，故曰珠压腰衱。 ⑦云幕、椒房：皆后宫之称。《西京杂记》："成帝设云幄、云帐、云幕于甘泉紫微殿，世谓三云殿。"《三辅黄图》："椒房殿

在未央宫，以椒和泥涂壁。” ⑧《旧唐书》：“太真有姊三人，并有才貌，并封‘国夫人’之号。长曰大姨，封韩国，三姨封虢国，八姨封秦国。天宝七载，幸华清宫，同日拜命。” ⑨峰驼：食品也。即骆驼背峰之肉。《酉阳杂俎》：“衣冠家名食：将军曲良翰有驼峰羹。” ⑩犀箸：犀角之箸也。《酉阳杂俎》：“明皇恩宠禄山，所赐之物，有……犀头匙箸。” ⑪銮刀：刀环有铃者也。《西征赋》：“饔人缕切，銮刀若飞。” ⑫《明皇杂录》：“虢国夫人出入禁中，常乘紫骢，使小黄门为御。”黄门：谓阉人在禁中给事者。鞚：马勒也。 ⑬《新唐书》：“帝所得奇珍及贡献分赐之，使者相衔于道，五家如一。” ⑭《乐府诗集》：“杨华有勇力，容貌雄伟，魏胡太后逼通之。华惧及祸，乃率其部曲来降（于梁）。胡太后追思不能已，为作《杨白华歌》。”其词曰：“白杨花，飘荡落南家。”又曰：“愿衔杨花入窠里。”此句杨花，盖用其事，隐寓刺意也。又《广雅》：“杨花入水化为蘋。”《尔雅翼》：“萍大者曰蘋。” ⑮此亦隐语。《山海经》：“三危之山，青鸟居之。”注：“主为西王母取食者。”沈约诗：“衔书必青鸟。”王勃《落花篇》：“罗袂红巾往复还。” ⑯炙手可热：喻势焰薰灼也。《唐语林》：“会昌中语曰：‘郑、杨、段、薛，炙手可热。’盖唐时长安市语如此。” ⑰丞相：谓杨国忠。国忠与虢国夫人乱，故有‘丞相嗔’之语。

陪李金吾花下饮

胜地初相引，徐行得自娱。见轻吹鸟毳①，随意数花须。细草偏称坐②，香醪懒再沽。醉归应犯夜，可怕李金吾③！

①毳（cuì）：鸟细毛也。　②偏称坐：言偏宜于此坐也。“称”字义从去声，读作平声。　③犯夜：律禁夜行而故犯之，谓之“犯夜”。《唐六典》：“金吾将军掌宫中昼夜巡警之法。”

陪郑广文①游何将军山林②十首

不识南塘③路，今知第五桥④。名园依绿水，野竹上青霄。谷口⑤旧相得，濠梁同见招⑥。平生为幽兴，未惜马蹄遥。

百顷风潭上，千章⑦夏木清。卑枝低结子，接叶暗巢莺。鲜鲫银丝鲙，香芹碧涧羹。翻疑舵楼底，晚饭越中行⑧。

万里戎王子⑨，何年别月支。异花开绝域，滋蔓匝清池。汉使徒空到，神农竟不知⑩。露翻兼雨打，开拆日离披⑪。

旁舍连高竹，疏篱带晚花。碾涡⑫深没马，藤蔓曲藏蛇。

词赋工无益，山林迹未赊⑬。尽捻书籍卖，来问尔东家⑭。

剩水沧江破，残山碣石开⑮。绿垂风折笋，红绽雨肥梅。银甲弹筝⑯用，金鱼⑰换酒来。兴移无洒扫，随意坐莓⑱苔。

风磴吹阴雪，云门吼瀑泉⑲。酒醒思卧簟，衣冷欲装绵。野老来看客，河鱼不取钱。只疑淳朴处，自有一山川。

棘树寒云色，茵蔯春藕香⑳。脆添生菜美，阴益食单㉑凉。野鹤清晨出，山精㉒白日藏。石林蟠水府，百里独苍苍。

忆过杨柳渚，走马定昆池㉓。醉把青荷叶，狂遗白接䍦㉔。刺船思郢客，解水乞吴儿㉕。坐对秦山㉖晚，江湖兴颇随。

床上书连屋㉗，阶前树拂云。将军不好武，稚子总能文。醒酒微风入，听诗静夜分。絺衣挂萝薜，凉月白纷纷㉘。

幽意忽不惬，归期无奈何。出门流水注，回首白云多。自笑灯前舞，谁怜醉后歌。只应与朋好，风雨亦来过。

---

①郑广文：即郑虔。见《醉时歌》注①。　②山林：实园也。园中有山，故言山林。《通志》：“少陵原乃樊川之北原，自司马村起，至何将军山林而尽。”　③南塘：在韦曲附近。许浑

诗“背岭枕南塘”是也。 ④第五桥：张礼《游城南记》：“第五桥在韦曲西，桥以姓名。” ⑤谷口：谓广文。《扬子法言》：“谷口郑子真耕于岩石之下，名著京师。” ⑥濠梁：谓同游。《庄子》：“庄子与惠子同游濠梁之上。” ⑦章：大树。⑧舵楼：南方大船，尾有舵楼。甫年二十时曾游吴越，今见羹脍，故疑身居舵楼而为越中行也。 ⑨戎王子：花名，当出月支国。《本草》引《日华子》云：“独活，一名戎王使者。”此花当是其类。⑩汉使空到，谓张骞至西域，止得安石榴种；神农不知，谓《本草》不载也。 ⑪离披：花开貌。 ⑫碾涡：指冲动水磨或水碾的水流所形成的漩涡。 ⑬赊（shē）：远也。在此应读 shā。⑭捻（niǎn）：拈也。言读书既无益，意欲卖却书籍，来就尔东家之邻也。 ⑮言此间穿池垒石，仅剩水残山耳，然其势之雄阔，恍若破沧江而开碣石也。 ⑯银甲：银制之假甲也。《古诗》：“十五学弹筝，银甲不曾卸。” ⑰金鱼：佩名。《唐会要》云：“鱼袋，着紫者金装，绯者银装。” ⑱莓（mī）：苔也。⑲言飞瀑之溅，乍疑吹雪。 ⑳茵蔯：《本草》：“茵蔯，蒿类，经冬不死，更因旧苗而生，故名。”李时珍云：“气芳烈，昔人多莳为蔬。” ㉑食单：谓铺地布单也。 ㉒山精：《元中记》：“山精如人，一足，长三四尺，夜出昼藏。” ㉓《雍录》：“定昆池在长安西南十五里。” ㉔白接䍦（lí）：面罩。《晋书·山简传》：“每临高阳池，未尝不大醉而还。时人为之歌曰：‘时时能骑马，倒著白接䍦。’” ㉕郢：楚都也。解水：识水性也。郢客善操舟，吴儿善泅水，故思而求之也。 ㉖见《乐游园歌》注③。 ㉗床：谓书床也；其形若床，故云。 ㉘言月色照于衣上，其光零乱。

重过何氏五首

问讯东桥①竹，将军有报书。倒衣②还命驾，高枕乃吾庐。花妥莺捎蝶③，溪喧獭趁鱼④。重来休沐⑤地，真作野人居。

山雨樽仍在，沙沉⑥榻未移。犬迎曾宿客，鸦护落巢儿。云薄翠微寺⑦，天清黄子陂⑧。向来幽兴极，步屧⑨过东篱。

落日平台上，春风啜茗时。石阑斜点笔，桐叶坐题诗。翡翠鸣衣桁⑩，蜻蜓立钓丝。自今幽兴熟，来往亦无期。

颇怪朝参懒，应耽野趣长⑪。雨抛金锁甲⑫，苔卧绿沉枪⑬。手自移蒲柳，家才足稻粱。看君用幽意，白日到羲皇⑭。

到此应常宿，相留可判年⑮。蹉跎暮容色，怅望好林泉。何日沾微禄，归山买薄田？斯游恐不遂，把酒意茫然。

---

①东桥：谓第五桥，见前诗注④。　②倒衣：言速往也。《诗》云：“自公召之，颠倒衣裳。”　③妥：颓下之貌。捎：掠也。　④言花颓乃因莺之掠蝶，溪喧，缘獭之捕鱼。　⑤休沐：言休息以洗沐也。　⑥沙沉：言水涨也。　⑦《长安志》：

“翠微寺在终南山上。” ⑧皇子陂：在韦曲之西。《十道志》：“秦葬皇子，起冢陂北原上，故名皇子陂。” ⑨屧（xiè）：《说文》：“屧：履中荐也。”或鞋之木底。又屐也。《宋书》：“袁粲为丹阳尹，尝步屧白杨郊野间。” ⑩桁（héng）：衣架也。 ⑪此言何将军。 ⑫金锁甲：犹言锁子甲，谓甲之精细者，言相衔之密也（见《周益公诗话》）。 ⑬绿沉枪：以调绿饰之，其色深沉也（见《西溪丛语》）。 ⑭《陶潜传》：“夏日高卧北窗之下，清风飒至，自谓羲皇上人。”此言白日到羲皇，乃翻其语，谓可神游千古，不须高卧也。 ⑮可判年：犹云可卒岁也。

陪诸贵公子丈八沟[1]携妓纳凉晚际遇雨二首

落日放船好，轻风生浪迟。竹深留客处，荷净纳凉时。公子调冰水，佳人雪[2]藕丝。片云头上黑，应是雨催诗。

雨来沾席上，风急打船头。越女红裙湿，燕姬翠黛愁。缆侵[3]堤柳系，幔卷浪花浮。归路翻萧飒，陂塘五月秋。

---

①丈八沟：张礼《游城南记》：“下杜城之西有丈八沟，即子美纳凉遇雨之地。” ②雪：《家语》：“黍以雪桃。”雪：擦拭也。 ③侵：迫近也。

送高三十五书记①

崆峒小麦熟，且愿休王师。请公问主将，焉用穷荒为。②饥鹰未饱肉，侧翅随人飞。高生跨鞍马，有似幽并儿③。脱身簿尉中，始与捶楚辞④。借问今何官，触热向武威⑤？答云："一书记，所愧国士知。"人实不易知，更须慎其仪。十年出幕府，自可持旌麾。此行既特达，足以慰所思。男儿功名遂，亦在老大时。常恨结欢浅，各在天一涯。又如参与商⑥，惨惨中肠悲。惊风吹鸿鹄，不得相追随。黄尘翳沙漠，念子何当归。边城有余力，早寄从军诗。

---

①《旧唐书》："高适，字达夫，渤海人，解褐封邱尉，非其好也，乃去位客游河右。河西节度哥舒翰见而异之，表为左骁卫兵曹，充翰府掌书记。"按《通鉴》：哥舒翰奏高适为掌书记，事在天宝十三载五月。可见该诗应写于此时。　②崆峒：山名，在临洮（甘肃岷县）。按《通鉴》：先是，吐蕃每至麦熟时，即率部众至积石军（在青海贵德）获取之，边人呼为吐蕃麦庄。天宝六载，哥舒翰使王难得杨景晖等潜引兵至积石军，设伏以待之。吐蕃以五千骑至，翰于城中率骁勇邀击，匹马不还。后遂因麦庄一捷，而黩武穷荒，屡至败绩。今高之往，适当其时，作者故戒其贪胜，欲适以之告翰也。　③幽并儿：幽、并二州，其俗习骑射。梁简文帝诗："少解孙、吴术，家本幽、并儿。"　④捶楚：有两解，一谓尉捶楚罪人；一谓尉自受捶楚。按高适有诗云："拜迎官长心欲碎，

鞭挞黎庶令人悲。”此处当作第一解。 ⑤武威：唐郡名，属今甘肃。 ⑥参商：两星名。参居东，商居西，相背而出，永不相见，以喻人之不能相遇也。

城西陂泛舟[1]

青蛾皓齿在楼船，横笛短箫悲远天。春风自信牙樯[2]动，迟日徐看锦缆牵。鱼吹细浪摇歌扇，燕蹴飞花落舞筵。不有小舟能荡桨，百壶那送酒如泉。

①城西陂：即渼陂，见后《渼陂行》注①。 ②古诗：“象牙作帆樯。”

渼陂[1]行

岑参[2]兄弟皆好奇，携我远来游渼陂。天地黤[3]惨忽异色，波涛万顷堆琉璃。琉璃汗漫泛舟入，事殊兴极忧思集。鼍[4]作鲸吞不复知，恶风白浪何嗟及。主人锦帆相为开，舟子喜甚无氛埃[5]。凫鹥[6]散乱棹讴发，丝管啁啾空翠来。沉竿续缦深莫测[7]，菱叶荷花静如拭。宛在中流渤澥清[8]，下归无极终南黑[9]。半陂已南纯浸山，动影袅窕冲融间[10]。船舷暝戛云际寺[11]，水面月出蓝田关[12]。此时骊龙亦吐珠[13]，冯夷击鼓[14]群龙趋。湘妃汉女[15]出歌舞，金支翠旗光有无[16]。咫尺但愁雷雨至，苍茫不晓神灵意。少壮几时奈老何，向来哀乐何其多[17]。

---

①渼陂：《长安志》："渼陂在鄠县（陕西）西五里，出终南山，诸谷合朝公泉为陂。" ②岑参：与作者同时诗人，天宝三载进士。释褐为右内率府兵曹参军。 ③黤（yǎn）：青黑色也。④鼍（tuó）：类似鳄鱼之爬虫类动物，俗名扬子鳄。 ⑤初入时天地变色，风浪堪忧，至此则开霁放舟，风恬浪静矣。 ⑥凫、鹥（wū yì）：皆水鸟名。 ⑦沉竿续缦：戏测水之深浅也。⑧渤澥：海别支也。此言水色空旷。 ⑨渼陂：源出终南山。终南黑：言山峰倒影。 ⑩袅窕：谓山影动摇。冲融：谓水波溶漾。 ⑪戛（jiá）：轻轻地敲打。《长安志》："云际山太安寺在鄠县东南。" ⑫《长安志》："蓝田关在蓝田县，即秦峣关也。"《雍录》："峣关在渼陂东南。" ⑬吐珠：《庄子》："千金之珠，必在九重之渊，骊龙颔下。"骊龙：黑龙也。 ⑭曹植《洛神赋》："冯夷击鼓，女娲清歌。"冯夷：河伯也。 ⑮湘妃：舜之二妃娥皇、女英也。《列仙传》："郑交甫游江汉，见二女，解佩与之。" ⑯汉《房中歌》："金支秀华，庶旄翠旌。"注："乐上众饰，有流翅羽葆，以黄为支，其首敷散，若草木之秀华也。"光有无者，言其若有若无也。 ⑰汉武帝《秋风歌》："欢乐极兮哀情多，少壮几时兮奈老何！"

九日寄岑参[1]

出门复入门，雨脚但如旧。所向泥活活[2]，思君令人瘦。沉吟坐西轩，饮食错昏昼。寸步曲江头，难为一相就。吁嗟呼苍生，稼穑不可救。安得诛云师[3]，畴能补天漏。大明韬日月[4]，旷野号禽兽。君子强逶迤[5]，小人困驰骤。维南有崇山，恐与川浸溜[6]。是节东篱菊，纷披为谁秀。岑生多新诗，性亦嗜醇酎[7]。采采黄金花，何由满衣袖。

---

①见前诗注②。此诗当是天宝十三载九月作。　②活活：读若括括。水流貌。　③云师：神也。张衡《思玄赋》："云师䨴以交杂兮！"注："云师，即雨师屏翳也。"　④大明：日月也。韬：藏也，犹言日月藏其光明也。　⑤逶迤：义同"委蛇"，委曲自得之貌也。《诗》："退食自公，委蛇委蛇。"　⑥川浸：川泽也。《周礼·职方氏》注："水流而趋海者曰川，深积而成渊者曰浸。"　⑦酎（zhòu）：重酿醇酒也。

秋雨叹三首

雨中百草秋烂死，阶下决明[1]颜色鲜。着叶满枝翠羽盖，开花无数黄金钱。凉风萧萧吹汝急，恐汝后时难独立。堂上书生空白头，临风三嗅馨香泣。

阑风伏雨②秋纷纷，四海八荒同一云。去马来牛不复辨③，浊泾清渭何当④分。禾头生耳⑤黍穗黑，农夫田妇无消息。城中斗米换衾裯，相许宁论两相直⑥。

长安布衣谁比数？反锁衡门⑦守环堵。老夫不出长蓬蒿，稚子无忧走风雨。雨声飕飕催早寒，胡雁翅湿高飞难。秋来未曾见白日，泥污后土何时干⑧。

---

①《唐书》：天宝十三载秋，霖雨害稼，六旬不止，帝忧之。杨国忠取禾之善者以献之。曰："雨虽多，不害稼。"公有感而作是诗。决明：草花名，茎高二三尺，叶为羽状复叶，秋开蝶形花，色淡黄。　②阑风伏雨：谓阑珊之风，沉伏之雨，言风雨不已也。　③语见《庄子·秋水》："秋水时至，百川灌河，两涘诸涯之间，不辩牛马。"　④《关中记》："泾水入渭，清浊不相杂。"盖渭本清而泾本浊，今当泛滥，则不能分矣。　⑤禾头生耳：《朝野佥载》记俚谚云："秋雨甲子，禾头生耳。"谓禾芽卷曲如耳形也。　⑥《诗》："抱衾与裯。"谓结婚也；岁饥，则斗米可以换妻，故不能论直也。衾裯（qín chóu）：衾，被也；裯，单被，或床帐。　⑦衡门：横木为门，贫者之所居也。
⑧后土：《楚辞·九辩》："皇天淫溢而秋霖兮，后土何时得干！"

戏简郑广文虔[①]兼呈苏司业源明[②]

广文到官舍，系马堂阶下。醉则骑马归，颇遭官长骂。才名四十年，坐客寒无毡。赖有苏司业，时时乞酒钱。

---

①见《醉时歌》注①。　　②苏源明：京兆武功人。天宝间及进士第，累迁太子谕德。出为东平太守。召为国子司业。安禄山陷京师，以病不受伪署（见《唐书》本传）。

夏日李公[①]见访

远林暑气薄，公子过我游。贫居类村坞，僻近城南[②]楼。旁舍颇淳朴，所愿亦易求。隔屋唤西家，“借问有酒不，墙头过浊醪，展席俯长流。清风左右至，客意已惊秋。巢多众鸟斗，叶密鸣蝉稠。苦道此物聒，孰谓吾庐幽？水花[③]晚色净，庶足充淹留。预恐樽中尽，更起为君谋。

---

①考《宗室世系表》，当是李炎，时为太子家令。应在天宝末年作。　　②朱说，公居在长安城南，所谓城南韦杜也。　　③水花：崔豹《古今注》：“芙蓉一名荷花……一名水花。”

去矣行①

君不见韝上鹰，一饱则飞掣②。焉能作堂上燕，衔泥附炎热？野人旷荡无靦颜③，岂可久在王侯间。未试囊中餐玉法，明朝且入蓝田山④。

---

①鲍钦止曰：天宝十四载，公在率府，因欲辞职，作《去矣行》。 ②《魏志》："譬如养鹰，饥则为用，饱则飏去。"韝（gōu）：臂套，用皮制成，射箭、架鹰时套于臂上。 ③靦（miǎn）颜：因怯生或害羞而神态不自然。 ④后魏李预居长羡古人餐玉之法，乃采访蓝田，掘得若环璧杂器者，大小百余。至而观之，皆光润可玩。预乃椎七十枚为屑，日服食之（见《后魏书》）。蓝田山在长安东南三十里，山出美玉，世称蓝田玉。

官定后戏赠①

不作河西尉，凄凉为折腰②。老夫怕趋走，率府且逍遥。耽酒须微禄，狂歌托圣朝。故山归兴尽，回首向风飙③。

---

①此诗当作于天宝十四载，"时免河西尉为右卫率府兵曹。"诗人自注云，戏赠：自赠也。后人自赠、自贻题本此。 ②折

腰：《晋书·陶潜传》：“潜为彭泽令，郡遣督邮至，吏白应束带见之，潜叹曰：‘吾不能为五斗米折腰。’即解印去。” ③方官未定时，公尝有诗云：“故山多药物，欲整还乡旆。”（《赠崔学士诗》）今官已定，无复归山之兴，唯有临风回首耳。

自京赴奉先县咏怀五百字[①]

杜陵有布衣，老大意转拙。许身一何愚，窃比稷与契[②]。居然成濩落[③]，白首甘契阔[④]。盖棺事则已[⑤]，此志常觊豁[⑥]。穷年忧黎元，叹息肠内热。取笑同学翁，浩歌弥激烈。非无江海志，萧洒送日月。生逢尧舜君，不忍便永诀。当今廊庙具，构厦岂云缺？葵藿倾太阳[⑦]，物性固莫夺。顾惟蝼蚁辈，但自求其穴。胡为慕大鲸，辄拟偃溟渤[⑧]？以兹悟生理，独耻事干谒。兀兀遂至今，忍为尘埃没。终愧巢与由，未能易其节。沉饮聊自遣，放歌颇愁绝。岁暮百草零，疾风高冈裂。天衢阴峥嵘[⑨]，客子中夜发。霜严衣带断，指直不得结。凌晨过骊山[⑩]，御榻在嵽嵲[⑪]。蚩尤[⑫]塞寒空，蹴踏崖谷滑。瑶池气郁律[⑬]，羽林相摩戛[⑭]。君臣留欢娱，乐动殷樛嶱[⑮]。赐浴皆长缨[⑯]，与宴非短褐。彤廷[⑰]所分帛，本自寒女出。鞭挞其夫家，聚敛贡城阙。圣人筐篚[⑱]恩，实欲邦国活。臣如忽至理，君岂弃此物。多士盈朝廷，仁者宜战栗。况闻内金盘，尽在卫霍[⑲]室。中堂舞神仙[⑳]，烟雾散玉质。暖客貂鼠裘，悲管逐清瑟。劝客驼蹄羹[21]，霜橙压香橘。朱门酒肉臭，路有冻死骨。荣枯咫尺异，惆怅难再述。北辕就泾渭，官渡又改辙[22]。群冰从西下，极目高崒兀[23]。疑是崆峒来[24]，恐触天柱折[25]。河梁幸未拆，枝撑声窸窣[26]。行旅相攀援，川广不可越。老妻寄异县[27]，十口隔风雪。谁能久不顾？庶往共饥渴。入门闻号咷，幼子饥已卒。吾宁舍一哀[28]，里巷亦呜咽。所愧为人父，无食致夭折。岂知秋未登，贫窭有仓卒[29]。生常免租税，名不隶征伐。抚迹犹酸辛，平人固骚屑[30]。默思失业途，因念远戍卒。忧端齐终南，澒洞[31]不可掇。

---

①据《长安志》，奉先县在京兆府东北二百四十里。今陕西蒲城。时公在率府，而家在奉先，此诗叙归省之事，当作于天宝十四载仲冬。　②契：此字有多种音义，在此句中，应读xiè，传说中商族祖先名，尧之司徒，有功于商。　③濩（huò）落：通作“瓠落”，犹廓落，无所容也。《庄子·逍遥游》：“瓠落无所容。”　④契阔：勤苦也。《诗·邶风》：“死生契阔。”　⑤盖棺：《宋书·刘毅传》：“大丈夫盖棺，事乃定矣。”　⑥觊（jì）：冀也。豁：开也。　⑦《魏志·曹植传》：“葵藿之倾叶太阳，虽不为回光，然终向之者，诚也。”　⑧溟、渤：皆海名。　⑨阴峥嵘：言阴盛也。公赴奉先在十一月初，故有“岁暮”之语。　⑩骊山：位于唐京兆昭应县（今西安临潼）东南，即蓝田山也，自京至此六十里（见《太平寰宇记》）。　⑪嵽嵲（jì nì）：山高貌。按《雍录》：温泉在骊山，元宗即山建立百司。十月往，至岁

尽乃还宫。又缘杨妃之故，奢荡益著，宫包骊山，墙周其外，下有夹城通禁中。是则宫在山崖，故云御榻在嵽嵲也。 ⑫蚩尤：谓蚩尤旗也。《皇览》："蚩尤冢在东郡寿张县阚乡城中，高七丈，民常十月祀之，有赤气出如正练帛，民名为蚩尤旗。"此正十一月初，借蚩尤旗以喻兵象也。 ⑬瑶池：指温泉。郁律：气升貌。郭璞《江赋》："气滃渤以雾杳，时郁律其如烟。" ⑭羽林：《唐书·兵志》："高宗置左右羽林军，朝会以卫阶升，行幸则夹驰道。"摩戛：犹言摩击也。 ⑮樛嶱：通作胶葛，樛嶱，胶葛，广大也，谓乐动而其声远闻也。《上林赋》："张乐乎胶葛之寓。"

⑯赐浴：《明皇杂录》："上尝于华清宫中置长汤数十，赐群臣浴。" ⑰彤廷：谓以丹涂之庭，即王庭也。 ⑱筐篚：《诗·鹿鸣》序："《鹿鸣》，宴群臣嘉宾，既饮食之，又实币帛筐篚，以将其厚意，然后忠臣嘉宾得尽其心矣。" ⑲卫霍：谓卫青，霍去病，皆汉内戚，以比国忠。 ⑳神仙：指贵妃及诸姨。

㉑驼蹄羹：食品名，参看《丽人行》注⑨。 ㉒官渡：谓泾、渭二水渡口。过骊山往奉先须往者，故云改辙。 ㉓崒（zú）兀：危高貌。 ㉔崆峒：见《送高三十五书记》注②。泾、渭诸水皆从陇西而下，故疑来自崆峒也。 ㉕天柱折：言水势之险也。《列子》："共工氏怒而触不周之山，折天柱，绝地维。" ㉖窸窣（xī shuài）：木桥振动有声也。 ㉗异县：指奉先。 ㉘嵇康《养生论》："世常谓一怒不足以侵性，一哀不足以伤身。" ㉙仓卒：谓夭折。 ㉚骚屑：不足道也。 ㉛澒洞（xiàng tóng）：相连貌。

奉先刘少府新画山水障[1]歌

堂上不合生枫树，怪底江山起烟雾[2]。闻君扫却赤县图[3]，乘兴遣画沧洲趣[4]。画师亦无数，好手不可遇。对此融心神，知君重毫素。岂但祁岳与郑虔[5]，笔迹远过杨契丹[6]。得非玄圃[7]裂？无乃潇湘[8]翻？悄然坐我天姥[9]下，耳边已似闻清猿。反思前夜风雨急，乃是蒲城[10]鬼神入。元气淋漓障犹湿，真宰上诉天应泣[11]。野亭春还[12]杂花远，渔翁暝踏[13]孤舟立。沧浪[14]水深青冥阔，欹岸侧岛秋毫末[15]。不见湘妃鼓瑟时，至今斑竹临江活[16]。刘侯天机精，爱画入骨髓。自有两儿郎，挥洒亦莫比。大儿聪明到，能添老树巅崖里。小儿心孔开，貌[17]得山僧及童子。若耶溪[18]，云门寺[19]，吾独胡为在泥滓，青鞋布袜从此始。

---

①障：屏障也。　②惊讶画障枫树山川尽如真像也。唐代方言，“底”字作“何”字解，“怪底”乃“怪何”也。　③《史记》：邹衍谓中国名赤县神州。刘先为奉先尉写其邑之山川，故曰赤县图，乃别是一图。　④沧洲趣：即指本画障。　⑤祈岳：善画者（见李嗣真《画录》）。郑虔：善画山水（见《唐书》本传）。⑥杨契丹：隋时画家（见张彦远《名画记》）。　⑦玄圃：仙人所居地也，相传在昆仑山上。　⑧潇湘：一，潇水，在湖南永州流入湘江。二水合流之处，相传昔日舜妃娥皇女英死于此。二，湘

江别称。　⑨天姥山：在浙江新昌县东南。公《壮游》有“归帆拂天姥”句，盖旧游之地，故因画而思及之。　⑩蒲城：即奉先。汉时，奉先名蒲城，唐开元间改名为奉先。　⑪言其巧夺天工也。　⑫春还：谓春气回还。　⑬暝踏：言身似入幽暝中也。　⑭沧浪：即汉水。　⑮言所绘岸旁之岛屿甚细也。　⑯《楚辞·离骚》：“使湘灵鼓瑟兮。”湘灵，舜妃也。《博物志》：“舜崩于苍梧，二妃啼，以泪挥竹，竹尽斑。”　⑰貌：图画人物之形状也。　⑱若耶溪：在浙江绍兴南，古时以风景著名。　⑲云门寺：在浙江绍兴南云门山上。

悲陈陶[1]

孟冬十郡良家子，血作陈陶泽中水。野旷天清无战声，四万义军同日死[2]。群胡[3]归来血洗箭，仍唱胡歌饮都市。都人回面向北啼，日夜更望官军至。

---

①陈陶：陈陶泽，又名陈陶斜，在陕西咸阳东。按《唐书》：至德元载十月，房琯自请讨贼（安禄山），分兵为三：杨希将南军，自宜寿入；刘悊将中军，自武功入；李光进将北军，自奉天入。琯自将中军，为前锋。辛丑，中军、北军遇贼于陈陶斜，接战，败绩。癸卯琯自以南军战（即青坂之战），又败。此诗乃房琯兵败被罢相时，杜上疏力救而发。　②琯效古法，用车战，贼纵火焚

之，人畜大乱，官军死伤者四万余人。　③群胡：谓禄山之众。

悲青坂[1]

我军青坂在东门，天寒饮马太白[2]窟。黄头奚[3]儿日向西，数骑弯弓敢驰突。山雪河冰野萧瑟，青是烽烟白人骨。焉得附书与我军，忍待明年莫仓卒。

---

①青坂：当去陈陶斜不远。参看前诗注①。　②饮马太白：言依山而守也。太白山在陕西眉县东南。　③黄头：东胡部落名；奚：亦东胡种名。《禄山事迹》云："禄山反，发同罗奚契丹、宝韦曳落河之众，号父子军。"

对　雪

战哭多新鬼[1]，愁吟独老翁。乱云低薄暮，急雪舞回风。瓢弃樽无绿[2]，炉存火似红。数州消息断，愁坐正书空[3]。

---

①作此诗时方在陈陶败后。　②樽中绿，酒也。　③书空：《世说》："殷浩坐废终日书空作'咄咄怪事'四字。"

月　夜

今夜鄜州①月，闺中只独看。遥怜小儿女，未解忆长安。香雾云鬟湿，清辉玉臂寒②。何时倚虚幌③，双照泪痕干？

①鄜（fú）州：唐时属关内道，今陕西眉县。时作者之家寓焉。　②鬟湿、臂寒：想见看月之久。　③虚幌：江淹诗："炼药照虚幌。"幌，帷也。

苏端薛复筵简薛华醉歌

文章有神交有道，端复得之名誉早。爱客满堂尽豪杰，开筵上日①思芳草。安得健步移远梅，乱插繁花向晴昊。千里犹残旧冰雪，百壶且试开怀抱。垂老恶闻战鼓悲，急觞为缓忧心捣②。少年努力纵谈笑，看我形容已枯槁。坐中薛华善醉歌，歌辞自作风格老。近来海内为长句，汝与山东李白③好。何刘沈谢④力未工，才兼鲍昭⑤愁绝倒。诸生颇尽新知乐，万事终伤不自保。气酣日落西风来，愿吹野水添金杯。如渑之酒⑥常快意，亦知穷愁安在哉。忽忆雨时秋井塌，古人白骨生青苔，如何不饮令心哀。

---

①此诗是天宝十五载正月初旬作。上日：朔日也。　②忧心捣：即忧心如捣。《诗·小雅》："我心忧伤，惄焉如捣。"捣，敲也。　③李白本蜀郡人，而寓居山东久，故时人皆以山东人称之。　④谓何逊，刘孝标，沈约，谢朓，并六朝诗人。　⑤鲍昭：即鲍照，亦六朝诗人。唐时讳天后名，书"照"为"昭"耳。⑥《左传》："有酒如渑。"渑（shéng），水名，在山东。

春　望[1]

国破山河在，城春草木深。感时花溅泪，恨别鸟惊心。烽火连三月，家书抵万金。白头搔更短，浑欲不胜簪。

---

①此诗当是至德二载三月甫陷敌营时所作。

一百五日夜对月[1]

无家对寒食，有泪如金波②。斫却月中桂，清光应更多。仳离放红蕊③，想像嚬青娥④。牛女漫愁思，秋期犹渡河⑤。

---

①此至德二载，寒食时，甫在长安作。诗不云寒食对月，而云

一百五日，是因甫以去年冬至，离妻出门，今计其日，言其久矣。《荆楚岁时记》："去冬至一百五日，即有疾风甚雨，谓之寒食。" ②金波：月光也。汉《郊祀歌》："月穆穆以金波。" ③红蕊：丹桂花也。仳离：同"披离"，盛貌。 ④噘：同"颦"，皱眉。青蛾：谓蛾眉也。 ⑤牛、女：即牵牛、织女二星。《世说》："牛、女二星，隔河而居；每七夕，则渡河而会。"

哀江头①

少陵野老②吞声哭，春日潜行曲江曲。江头宫殿③锁千门，细柳新蒲④为谁绿。忆昔霓旌下南苑⑤，苑中万物生颜色。昭阳殿里第一人⑥，同辇随君侍君侧。辇前才人⑦带弓箭，白马嚼啮黄金勒⑧。翻身向天仰射云，一箭正坠双飞翼。明眸皓齿今何在？血污游魂归不得⑨。清渭东流剑阁深，去住彼此无消息⑩。人生有情泪沾臆，江水江花岂终极。黄昏胡骑尘满城，欲往城南忘南北⑪。

---

①此至德二载春日，甫陷长安时作。江头：谓曲江头。明皇与贵妃常游曲江。时长安已陷，作者身在贼中，睹江水江花哀思而作，故以《哀江头》名篇。 ②少陵野老：作者自称也。《雍录》："少陵原在长安县南四十里。"作者寓居于此。 ③曲江南有紫云楼，芙蓉苑；西有杏园，慈恩寺。江头宫殿，指此。

④康骈《剧谈录》：“曲江池入夏则菰蒲葱翠，柳阴四合，碧波红蕖，湛然可爱。” ⑤南苑：即芙蓉苑。 ⑥昭阳殿：指贵妃。昭阳殿，为汉时宫殿，飞燕所居。李白诗：“汉宫谁第一？飞燕在昭阳。”亦指贵妃。 ⑦才人：宫内女官名。《唐书·百官志》：“内官才人七人，正四品。” ⑧《明皇杂录》：“上幸华清池，贵妃姊妹各购名马，以黄金为衔勒。” ⑨《国史补》：“元宗幸蜀，至马嵬驿，缢贵妃于佛堂梨树之前。” ⑩清渭：为贵妃缢处。剑阁：为明皇入蜀所经之道。彼此无消息者，谓一死一生，更无见期也。 ⑪言欲往城南（作者家在城南）而惶惑不记孰为南北也。

哀王孙①

长安城头头白乌，夜飞延秋门②上呼。又向人家啄大屋，屋底达官走避胡③。金鞭断折九马死④，骨肉不得同驰驱。腰下宝玦青珊瑚，可怜王孙泣路隅。问之不肯道姓名，但道：“困苦乞为奴。已经百日窜荆棘，身上无有完肌肤。”“高帝子孙尽隆准⑤，龙种自与常人殊。豺狼在邑龙在野，王孙善保千金躯。不敢长语临交衢，且为王孙立斯须。昨夜东风吹血腥，东来骆驼满旧都⑥。朔方健儿好身手，昔何勇锐今何愚⑦。窃闻天子已传位，圣德北服南单于⑧。花门剺面⑨请雪耻，慎勿出口他人狙⑩。哀哉王孙慎勿疏，五陵佳气⑪无时无。”

①此乱时见王孙颠沛而作也。《旧唐书》："十五载六月九日，潼关不守。十二日凌晨，上自延秋门出，亲王、妃主、王孙以下，皆从之不及。" ②延秋门：《长安志》："苑中宫廷凡二十四所，西面二门，南曰延秋门。" ③啄大屋：言头白乌不祥之物，初号门上，故明皇出延秋门，又啄大屋，故朝官一时逃散。④汉文帝自代来，有良马九匹（见《西京杂记》）。此谓明皇出奔之马。 ⑤隆准：《汉书·高帝纪》："帝隆准。"隆：高也；准（zhǔn）：鼻也。 ⑥《旧唐书·史思明传》："禄山陷两京，以骆驼运御府珍宝于范阳。"旧都：谓长安。肃宗时在灵武，故号长安为旧都。 ⑦朔方健儿：指哥舒翰。时翰将河陇朔方兵及蕃兵共二十万守潼关拒贼。战败于灵宝，被执降贼。昔何勇锐者，言翰先曾立功于西域也。 ⑧《旧唐书》："肃宗即位，九月，南幸彭原，遣使与回纥和亲。二载二月，其首领入朝。"南单于：南匈奴首领之称也。 ⑨花门：即回纥。剺（lí）面：割面也；谓割面流血以示信。 ⑩狙：伺伏也。 ⑪五陵佳气：谓中兴之象。《唐纪》："高祖葬献陵，太宗葬昭陵，高宗葬乾陵，中宗葬定陵，睿宗葬桥陵，是为五陵。"《汉书·光武纪》："苏伯阿至南阳，遥望舂陵，郭喟曰：'气佳哉！郁郁葱葱然。'"

雨过苏端

鸡鸣风雨交①，久旱云亦好。杖藜入春泥，无食起我早②。

诸家忆所历，一饭迹便扫[3]。苏侯得数过，欢喜每倾倒。也复可怜人，呼儿具梨枣。浊醪必在眼，尽醉摅怀抱。红稠[4]屋角花，碧委墙隅草。亲宾纵谈谑，喧闹慰衰老。况蒙霈泽垂，粮粒或自保。妻孥隔军垒，拨弃不拟道[5]。

---

①此至德二载春，甫陷贼中诗。言风雨交作于鸡鸣之时。又《诗》：“风雨凄凄，鸡鸣喈喈。”序：“思君子也。”
②犹陶渊明《乞食》诗“饥来驱我去”之意。　③言一饭之后便绝迹也。　④稠：密也。　⑤拨弃：陶渊明《还旧居》诗：“拨置且莫念。”

喜达行在所三首[1]

西忆岐阳[2]信，无人遂却[3]回。眼穿当落日[4]，心死著寒灰。雾树行相引，莲峰望忽开。所亲惊老瘦，辛苦贼中来。

愁思胡笳夕，凄凉汉苑春。生还今日事[5]，间道[6]暂时人，司隶章[7]初睹，南阳[8]气已新。喜心翻倒极，呜咽泪沾巾[9]。

死去凭谁报，归来始自怜。犹瞻太白雪，喜遇武功天[10]。影静千官里，心苏七校[11]前。今朝汉社稷，新数中[12]兴年。

①另本题为：《自京窜至凤翔喜达行在所》。原注：“自京窜至凤翔。”《旧唐书》：“至德二载，二月，肃宗自彭原幸凤翔。”凤翔，唐郡，陕西凤翔。行在所：帝王巡幸所居也。　②岐阳：谓岐山之阳，即指凤翔。　③遂却：犹言即便也。　④凤翔在京师西，故当落日。　⑤言昨日尚未知决有生还之事。　⑥间道：谓伺其间隙之道而行也。　⑦司隶：为唐以前巡察畿辅之官。章：仪也，言国乱渐定，始复见官仪也。谢朓诗：“还睹司隶章，复见东都礼。”　⑧南阳：舂陵所在。见《哀王孙》篇注⑪。　⑨言喜极反悲也。　⑩武功天：《三秦记》：“太白山在武功县南，去长安三百里。不知高几许。俗云：‘武功太白，去天三百。’”《长安志》：“京兆武功县，以武功山得名。”按即陕西武功。二句犹复见天日之意。　⑪七校：汉时京师军校也。⑫中：应作去声。

述怀一首

去年潼关破，妻子隔绝久。今夏草木长，脱身得西走①。麻鞋见天子，衣袖露两肘。朝廷愍生还，亲故伤老丑。涕泪受拾遗②，流离主恩厚。柴门虽得去，未忍即开口。寄书问三川③，不知家在否？比闻同罹祸，杀戮到鸡狗。山中漏茅屋，谁复依户牖？摧颓苍松根，地冷骨未朽。几人全性命，尽室岂相偶。嵚岑④猛虎场，郁结回我首⑤。自寄一封书，今已十月后。反畏消息来，寸心亦何有。汉运初中兴，平生老耽酒。沉思欢会处，恐作穷独叟。

---

①据此，知作者由京窜至凤翔，在夏四月。　②《新唐书·杜甫传》："天子入蜀，甫避走三川。肃宗立，自鄜州羸服欲奔行在，为贼所得。至德二载，亡走凤翔，谒上，拜左拾遗。"经房琯事后，"时，所在寇夺，甫家寓鄜，弥年艰窭，孺弱至饿死，因许甫自往省视，从还京师。"《通典》："武后置左右拾遗二人，掌供奉给谏。"　③三川：在鄜州南，杜甫之家在焉。　④嵚岑：山势耸立貌。　⑤郁结：忧也。回首：怀家也。

独酌成诗

灯花何太喜？酒绿正相亲。醉里从为客，诗成觉有神。兵戈犹在眼，儒术岂谋身。共被微官缚，低头愧野人。

羌村①三首

峥嵘赤云西，日脚②下平地。柴门鸟雀噪，归客千里至。妻孥怪我在，惊定还拭泪。世乱遭飘荡，生还偶然遂。邻人满墙头，感叹亦歔欷③。夜阑更秉烛，相对如梦寐。

晚岁迫偷生，还家少欢趣。娇儿不离膝，畏我复却去。忆昔好追凉，故绕池边树④。萧萧北风劲，抚事煎百虑。赖知禾黍收，已觉糟床⑤注。如今足斟酌，且用慰迟暮。

群鸡正乱叫，客至鸡斗争。驱鸡上树木，始闻扣柴荆。父老四五人，问我久远行。手中各有携，倾榼浊复清。“莫辞酒味薄，黍地无人耕。兵革既未息，儿童尽东征⑥。”请为父老歌，艰难愧深情。歌罢仰天叹，四座泪纵横。

---

①《元和郡国志》：“隋开皇十六年，分三川、洛川两县置洛交县。”《鄜州图经》：“羌村：洛交村墟。” ②日脚：下垂日光也。 ③歔欷（xū xī）：悲泣也。 ④回想去家，正是夏时。 ⑤糟床：酒榨也。 ⑥从《文苑英华》，四句乃父老语。

北　征[1]

皇帝二载②秋，闰八月初吉，杜子将北征，苍茫问家室。

维时遭艰虞，朝野少暇日。顾惭恩私被，诏许归蓬荜。拜辞诣阙下，怵惕久未出。“虽乏谏诤姿，恐君有遗失。君诚中兴主，经纬固密勿③。东胡反未已④，臣甫愤所切。”挥涕恋行在，道途犹恍惚。乾坤含疮痍，忧虞何时毕。靡靡逾阡陌，人烟眇萧瑟。所遇多被伤，呻吟更流血。回首凤翔县，旌旗晚明灭。前登寒山重，屡得饮马窟。邠郊入地底⑤，泾水中荡潏⑥。猛虎立我前，苍崖吼时裂。菊垂今秋花，石戴古车辙。青云动高兴，幽事亦可悦。山果多琐细，罗生杂橡栗。或红如丹砂，或黑如点漆。雨露之所濡，甘苦齐结实。缅思桃源内，益叹身世拙。坡陀望鄜畤⑦，岩谷互出没。我行已水滨，我仆犹木末⑧。鸱鸟鸣黄桑，野鼠拱⑨乱穴。夜深经战场，寒月照白骨。潼关百万师，往者散何卒⑩。遂令半秦民，残害为异物。况我堕胡尘，及归尽华发。经年至茅屋，妻子衣百结。恸哭松声回，悲泉共幽咽。平生所娇儿，颜色白胜雪。见耶背面啼，垢腻脚不袜。床前两小女，补绽才过膝。海图拆波涛，旧绣移曲折。天吴及紫凤，颠倒在裋褐⑪。老夫情怀恶，呕泄卧数日。那无囊中帛，救汝寒凛栗？粉黛亦解苞，衾裯稍罗列。瘦妻面复光，痴女头自栉。学母无不为，晓妆随手抹。移时施朱铅，狼藉画眉阔。生还对童稚，似欲忘饥渴。问事竞挽须，谁能即嗔喝。翻思在贼愁，甘受杂乱聒。新归且慰意，生理焉得说。至尊尚蒙尘，几日休练卒。仰观天色改，坐觉祆气豁。阴风西北来，惨淡随回纥⑫。其王愿助顺，其俗善驰突。送兵五千人，驱马一万匹。此辈少为贵，四方服勇决。所用皆鹰腾，破敌过箭疾。圣心颇虚伫，时议气欲夺。伊洛⑬指掌收，西京不足拔。官军请深入，蓄锐可俱发。此举开青徐⑭，旋瞻略恒碣⑮。昊天积霜露，正气有肃杀。祸转亡胡岁，势成擒胡月。胡命其能久，皇纲未宜绝。忆昨狼狈初，事与古先⑯别。奸臣竟菹醢，同恶随荡析⑰。不闻夏殷衰，中自诛褒妲⑱。周汉获再兴，宣光⑲果明哲。桓桓陈将军⑳，仗钺奋忠烈。微尔人尽非，于今国犹活。凄凉大同殿㉑，寂寞白兽闼㉒。都人望翠华㉓，佳气向金阙。园陵固有神，扫洒数不缺㉔。煌煌太宗业，树立甚宏达！

---

①此诗乃由凤翔行在归鄜州省家作（参看《述怀诗》注②）。鄜州在凤翔东北，故曰“北征”。又汉班彪有《北征赋》，作者袭用其名。　②即肃宗至德二载。　③密勿：犹黾勉也。　④谓安庆绪之乱。　⑤邠（bīn）：邠州：唐时属关内道，即陕西彬县之地。入地底：显四面山高也。　⑥荡潏（yù）：水涌貌。　⑦鄜畤：即鄜州。《元和郡国志》：“鄜畤……后魏为鄜州，因秦文公梦黄蛇自天降属于地遂于鄜立鄜畤为名。”　⑧木末：树梢也。言已已先至水滨，回首望仆，尚行高处，如在树梢也。　⑨拱：谓人立作拱手状。　⑩百万师：指哥舒翰之兵。《唐书·哥舒翰传》：“翰率兵出关，次灵宝县之西原，为贼所乘，自相践蹦，坠黄河死者数万人。”卒：仓卒也。　⑪天吴：神名。《山海经》：“朝阳之谷，有神曰天吴，是为水伯，虎身人面。丹穴之山，有鸑鷟，凤之属也，五色而多紫。”裋褐：谓童竖所着之毛布短衣。四句之意，盖言海图、天吴、紫凤，皆所绣之物，以旧绣补绽为竖衣，故波涛折，绣纹移，天吴、紫凤皆颠倒也。　⑫至德元载，回纥遣其太子叶护率兵助国讨贼，肃宗宴赐甚厚，命广平王

约为兄弟（见《唐书·回纥传》）。⑬伊洛：二水名，在河南境内。⑭青徐：今山东之地。⑮恒碣：谓恒山、碣石也。两山俱在今河北境，当时贼巢所在。⑯古先：谓宗庙也。⑰奸臣：指杨国忠；同恶：指虢国夫人辈。⑱褒妲：褒姒、妲己也，比贵妃。⑲宣光：周宣王、汉光武也，比肃宗。⑳陈将军：谓陈元礼。玄宗幸蜀至马嵬驿，左龙武大将军陈元礼整比六军以从。以祸由国忠，欲诛之。会吐蕃使者遮国忠马诉无食。军士呼曰："国忠与虏谋反，遂杀之。"上出驿门，令收队，不应。元礼对曰："国忠谋反，贵妃不宜供奉，愿陛下割恩正法。"上令力士引贵妃于佛堂缢杀之（见《旧唐书》）。㉑大同殿：在南内兴庆宫勤政楼北大同门内（见《长安志》）。㉒白兽闼：即白兽门，在未央宫内，原名白虎殿，因避太宗讳改名（见《三辅黄图》）。㉓翠华：天子三禳，以翠为饰，故名。㉔言收京之后，扫洒园陵礼数可以不阙。此段皆期望语。

彭衙行①

忆昔避贼初，北走经险艰。夜深彭衙道，月照白水②山。尽室久徒步，逢人多厚颜。参差谷鸟吟，不见游子还。痴女饥咬我，啼畏虎狼闻。怀中掩其口，反侧声愈嗔。小儿强解事，故索苦李餐。一旬半雷雨，泥泞相牵攀。既无御雨备，径滑衣又寒。有时经契阔，竟日数里间。野果充糇粮，卑枝成屋椽。

早行石上水，暮宿天边烟。少留周家洼③，欲出芦子关④。故人有孙宰，高义薄曾云⑤。延客已曛黑，张灯启重门。暖汤濯我足，剪纸招我魂。从此出妻孥，相视涕阑干⑥。众雏烂漫睡，唤起沾盘餐。誓将与夫子，永结为弟昆。遂空所坐堂，安居奉我欢。谁肯艰难际，豁达露心肝。别来岁月周，胡羯⑦仍构患。何当有翅翎，飞去堕尔前。

---

①甫避乱，在天宝十五载，诗云“别来岁月周”，知是至德二载追避乱时事，非谓归鄜州如此。甫忆及艰难之际，得孙宰顾遇，感荷而作。《太平寰宇记》：“彭衙故城在白水县东北六十里。” ②白水：今陕西蒲城。 ③周家洼：未详何处。当即孙宰所居之地。 ④芦子关：亦未详。 ⑤薄：迫也。曾云：即层云。 ⑥阑干：涕流貌。 ⑦羯（jiē）：匈奴别部名。

曲江陪郑八丈南史饮

雀啄江头黄柳花，䴔䴖㶉鶒①满晴沙。自知白发非春事，且尽芳尊恋物华。近侍即今难浪迹，此身那得更无家。丈人才力犹强健，岂傍青门学种瓜②。

---

①䴔䴖（jiāo jīng）：水鸟，高脚长喙，颈有红毛冠，翠鬣青胫，甚有文彩。㶉鶒（xī chì）：亦水鸟名，似鸳鸯而稍大，羽五彩

而多紫色，故又名紫鸳鸯。　②此用邵平故事。邵平故秦东陵侯，秦破为布衣，贫，种瓜于长安东门（见《史记·萧相国世家》）。青门：即长安东门之名。

曲江二首①

一片花飞减却春，风飘万点正愁人。且看欲尽花经眼，莫厌伤多酒入唇。江上小堂巢翡翠，苑边高冢卧麒麟②。细推物理须行乐，何用浮名绊此身。

朝回日日典春衣，每日江头尽醉归。酒债寻常行处有，人生七十古来稀。穿花蛱蝶深深见，点水蜻蜓款款飞。传语③风光共流转，暂时相赏莫相违。

---

①二诗以仕不得志，有感于暮春而作。　②秦、汉间公卿墓多以石麒麟镇之。《西京杂记》："青梓宫前有青梧观，观前有三梧桐树，足下有石麒麟二枚，刊其胁为文字，是始皇骊山墓上物也。"　③传语：谓传语与蛱蝶、蜻蜓也。

奉陪郑驸马韦曲二首

韦曲①花无赖，家家恼杀人。绿樽须尽日，白发好禁②春。石角钩衣破，藤枝刺眼新。何时占丛竹，头戴小乌巾③。

野寺垂杨里，春畦乱水间。美花多映竹，好鸟不归山。城郭终何事，风尘岂驻颜。谁能共公子，薄暮欲俱还。

---

①韦曲：在京城外三十里，贵家园亭、侯王别墅多在此，乃行乐之地。 ②禁：读平声，犹言禁当也。 ③小乌巾：隐者所戴。《南史·刘岩传》："岩隐逸不仕，常着缁衣小乌巾。"

题李尊师松树障子歌

老夫清晨梳白头，玄都①道士来相访。握发呼儿延入户，手提新画青松障。障子松林静杳冥，凭轩忽若无丹青。阴崖却承霜雪干，偃盖反走虬龙形。老夫平生好奇古，对此兴与精灵聚。已知仙客意相亲，更觉良工心独苦。松下丈人巾屦同，偶坐似是商山翁②。怅望聊歌《紫芝曲》③，时危惨淡来悲风。

---

①玄都：道观名，在长安。《唐会要》："京城朱雀街有玄都

观。”　②商山翁：商山四皓也。　③四皓隐居，高祖聘之，四皓仰天叹而歌。有曰：“晔晔紫芝，可以疗饥；唐虞往矣，吾将安归？”后世名此曲为《紫芝曲》（见《古今乐录》）。

逼仄行赠毕曜

逼仄何逼仄①，我居巷南子巷北。可恨邻里间，十日不一见颜色。自从官马送还官，行路难行涩如棘。我贫无乘非无足，昔者相过今不得。实不是爱微躯，又非关足无力。徒步翻愁官长怒，此心炯炯君应识。晓来急雨春风颠，睡美不闻钟鼓传。东家蹇驴许借我，泥滑不敢骑朝天。已令请急②会通籍，男儿信命绝可怜。焉能终日心拳拳，忆君诵诗神凛然。辛夷③始花亦已落，况我与子非壮年。街头酒价常苦贵，方外酒徒稀醉眠。速宜相就饮一斗，恰有三百青铜钱。

---

①此当是乾元元年在谏院时作。逼仄：谓所居密迩也。　②请急：请假也。　③辛夷：即木笔，俗称玉兰花。落叶乔木，春初开花。

瘦马行

东郊瘦马使我伤，骨骼硉兀[①]如堵墙。绊之欲动转欹侧，此岂有意仍腾骧？细看六印带“官”字[②]，众道三军遗路旁。皮干剥落杂泥滓，毛暗萧条连雪霜。去岁奔波逐余寇，骅骝不惯不得将[③]。士卒多骑内厩马，惆怅恐是病乘黄[④]。当时历块误一蹶[⑤]，委弃非汝能周防。见人惨淡若哀诉，失主错莫无晶光。天寒远放雁为伴，日暮不收乌啄疮。谁家且养愿终惠[⑥]，更试明年春草长。

---

①硉（lù）兀：原为崖石高耸突出之意，此处乃骨突出貌。

②谓系官马也。六印者：左右膊，左右髀，两尾侧各有印也。《唐六典》：“凡在牧之马皆印，印右膊以小‘官’字，右髀以年辰，尾侧以监名，皆依左右厢。”

③不惯不得将：谓未调习不得用，故用内厩马耳。

④乘黄：本兽名，龙翼马身，黄帝乘之而仙，后世因以“乘黄”名厩。《唐六典》：“乘黄署令一人。”此处则谓乘黄厩中之马。

⑤历块：王褒《圣主得贤臣颂》：“过都越国，蹶如历块。”注：“如经历一块，言其速之甚也。”

⑥颜延之《赭白马赋》：“愿经惠养，荫本支兮。”

义鹘行[①]

阴崖有苍鹰，养子黑柏颠。白蛇登其巢，吞噬恣朝餐。雄飞远求食，雌者鸣辛酸。力强不可制，黄口无半存。其父从西归，翻身入长烟。斯须领健鹘，痛愤寄所宣[②]。斗上捩[③]孤影，嗷哮[④]来九天。修鳞脱远枝，巨颡拆老拳[⑤]。高空得蹭蹬[⑥]，短草辞蜿蜒。折尾能一掉，饱肠[⑦]皆已穿。生虽灭众雏，死亦垂千年。物情有报复，快意贵目前。兹实鸷鸟最，急难心炯然。功成失所往，用舍何其贤。近经潏水[⑧]湄，此事樵夫传。飘萧觉素发，凛欲冲儒冠。人生许与分[⑨]，只在顾盼间。聊为《义鹘行》，用激壮士肝[⑩]。

---

①鹘（gū）：鸷鸟也，即苍鹰。　②寄所宣：谓痛愤之心寄于宣诉之语。　③捩（lì）：掠也。　④嗷哮（jiào xiào）：吼怒也。　⑤凡鹰击物者以翼下劲骨，如人之用拳。　⑥蹭蹬：下坠也。　⑦饱肠：谓既饱鹰雏之肠。　⑧潏水：在长安杜陵，自皇子陂（见前）西北流入渭。　⑨分：读去声，分际之分。　⑩肝主怒，故云用激壮士肝。

早秋苦热堆案相仍[1]

七月六日苦炎蒸，对食暂餐还不能。每愁夜中自足蝎[2]，况乃秋后转多蝇。束带发狂欲大叫，簿书何急来相仍。南望青松架[3]短壑，安得赤脚踏层冰。

---

①原注："时任华州司功。"按：华州，今陕西华县；司功，州府佐吏也，掌官园、祭祀、礼乐、学校、选举、表疏、医筮、考课、丧葬之事。作者为华州司功在乾元二年，时年四十八。有学者疑此诗为伪托之作。　②蝎：与"蠍"同，毒虫，螫人。③架：松横生也。江淹诗："风散松架险。"

洗兵马[1]

中兴诸将收山东[2]，捷书夕报清昼同[3]。河广传闻一苇过，胡危命在破竹中[4]。只残邺城不日得，独任朔方无限功[5]。京师皆骑汗血马，回纥喂肉葡萄宫[6]。已喜皇威清海岱，常思仙仗过崆峒[7]。三年笛里《关山月》[8]，万国兵前草木风[9]。成王[10]功大心转小，郭相[11]谋深古来少。司徒[12]清鉴悬明镜，尚书[13]气与秋天杳。二三豪俊为时出，整顿乾坤济时了。东走无复忆鲈鱼[14]，南飞觉有安巢鸟[15]。青春复随冠冕入，紫禁正耐烟花绕[16]。鹤禁通霄凤辇备[17]，鸡鸣问寝龙楼晓[18]。攀龙附凤势莫当，天下尽化为侯王[19]。汝等岂知蒙帝力，时来不得夸身强[20]。关中既留萧丞相[21]，幕下复用张子房[22]。张公一生江海客，身长九尺须眉苍。征起适遇风云会，扶颠始知筹策良[23]。青袍白马更何有，后汉今周[24]喜再昌。寸地尺天皆入贡，奇祥异瑞争来送。不知何国致白环[25]，复道诸山得银瓮[26]。隐士休歌《紫芝曲》[27]，词人解撰《河清颂》[28]。田家望望惜雨干，布谷[29]处处催春种。淇上健儿归莫懒[30]，城南思妇愁多梦。安得壮士挽天河，净洗甲兵长不用！

---

①原注："收京后作。"时当在乾元二年仲春。《说苑》云："武王伐纣，风霁而乘以大雨。王曰：'天洗兵马也。'"本篇题借此而用之也。　②山东：河北也，以在太行山之东，故名。　③谓清昼所报与夜同，知报之确也。　④《通鉴》："乾元元年十月，郭子仪自杏园（在河南卫辉市东南）破河至获嘉（河南获嘉），破安太清；太清走保卫州（卫辉市），子仪进围之，遣使告捷。鲁炅，季广琛，崔光远与李嗣业兵皆会于卫。安庆绪来救，复大破之，遂拔卫州。庆绪走；子仪等追至邺（今河北临漳县境），许叔冀、董秦等皆继至。庆绪收余兵拒战于愁思冈，又败。庆绪乃入城固守，子仪等围之。"　⑤《旧唐书》："禄山反，以郭子仪为灵武太守，充朔方节度使。自陈陶斜之败，帝惟倚朔方军为根本。"　⑥《汉书·匈奴传》："元帝元寿二年，单于来朝，舍之上林苑葡萄宫。"《通鉴》："是年八月，回纥遣骁骑三千助讨

安庆绪，上命仆固怀恩领之。”　⑦《书·禹贡》：“海岱惟青州。”此指当时之事。崆峒：见《送高三十五书记诗》注②。肃宗由马嵬至灵武合兵经此。　⑧《关山月》：曲名。《乐府题解》：“《关山月》，伤离别也。”　⑨《晋书·符坚载记下》：苻坚与苻融登城而望，见八公山草木皆类人形，风声鹤唳，疑以为兵。　⑩成王：即广平王俶。收复两京，广平为帅。此句意为：非憎荣而恶胜，乃功大而心小、居安而念危也。　⑪郭子仪时进中书令，故称郭相。　⑫李光弼先加检校司徒。　⑬王思礼时迁兵部尚书。一说：指仆固怀恩。　⑭晋张翰入洛，因秋风起，思吴中菰菜、莼羹、鲈鱼脍，遂命驾归。　⑮魏武帝《短歌行》：“月明星稀，乌雀南飞；绕树三匝，何枝可依？”　⑯言时际青春，而紫禁朝仪如故也。　⑰鹤驾：太子所乘；凤辇：天子所御。言鹤驾通霄备凤辇以迎上皇。　⑱龙楼：宫门名，言当鸡报晓之时，趋宫门以伸问寝。　⑲是时方加封蜀郡灵武元从功臣。《汉书叙传》：“攀龙附凤，并乘天衢；云起龙骧，化为侯王。”⑳言不得贪天功以为己力。　㉑《史记·萧何传》：“汉王引兵东定三秦，何以丞相留守巴蜀，使给兵食。”此处比房琯，琯自蜀奉册留相肃宗。　㉒张子房比张镐。至德二载，琯罢相，以张镐代。　㉓《旧唐书》：“张镐风仪魁岸，廓落有大志。自褐衣拜右拾遗……元宗幸蜀，徒步扈从。元宗遣赴行在至凤翔，奏议多有宏益，拜谏议大夫，寻代房琯为相。”　㉔青袍白马：见后《青丝》注②。后汉、今周：乃以光武、周宣比肃宗之中兴。　㉕《竹书纪年》：“帝舜九年，西王母来朝，献白环玉玦。”　㉖《瑞应图》：“王者宴不及醉，刑罚中，则银瓮出焉。”　㉗隐士：当指李泌。泌时归衡山。《紫芝曲》：商山四皓所歌。　㉘《南史》："宋元嘉中，河、济俱清，当时以为瑞。"鲍照作《河清颂》。

㉙布谷：鸟名，鸣声如呼"割麦插禾"，故名。　㉚淇：淇水，在卫地。淇上健儿，指围邺之兵。归莫懒：盖速其成功。

赠卫八处士①

人生不相见，动如参与商②。今夕复何夕，共此灯烛光。少壮能几时，鬓发各已苍。访旧半为鬼，惊呼热中肠。焉知二十载，重上君子堂。昔别君未婚，儿女忽成行。怡然敬父执，问我来何方。问答乃未已，儿女罗酒浆。夜雨剪春韭，新炊间黄粱③。主称会面难，一举累十觞。十觞亦不醉，感子故意长。明日隔山岳，世事两茫茫。

---

①处士：隐者之号。卫处士之身世，未详。此诗或作于乾元二年春。　②参、商：见《送高三十五书记》诗注⑥。　③黄粱：《楚辞·招魂》："稻粢穱麦，挐黄粱些。"注："挐，糅也。"此处"间"字即"挐"字之义。

阌乡[1]姜七少府设鲙戏赠长歌

姜侯设鲙当严冬，昨日今日皆天风。河冻未渔不易得，凿冰恐侵河伯宫。饔人受鱼鲛人[2]手，洗鱼磨刀鱼眼红。无声细下飞碎雪[3]，有骨已剁嘴[4]春葱。偏劝腹腴愧年少[5]，软炊香饭缘老翁。落碪何曾白纸湿[6]，放箸未觉金盘空[7]。新欢便饱姜侯德，清觞异味情屡极。东归贪路自觉难，欲别上马身无力。可怜为人好心事，于我见子真颜色。不恨我衰子贵时，怅望且为今相忆。

---

①阌（wén）乡：河南阌乡。此乾元元年冬自华州至东都作，故有东归赶路之语。　②饔（yóng）：熟食。鲛人：谓捕鱼者。③《七启》："累如叠谷，离若散雪。"　④嘴：平声，喙也。剉其骨使嘴如春葱，言尖而脆也。　⑤腹腴：腹下肥也。⑥碪（hàn）：割鱼之石案。白纸湿：凡作鲙，须以灰去血水，而用纸隔灰也。　⑦言丰富也。

新 安 吏[1]

客行新安道，喧呼闻点兵。借问新安吏："县小更无丁[2]？""府帖[3]昨夜下，次选中男[4]行。""中男绝短小，何以守王城？肥男有母送，瘦男独伶俜。白水暮东流，青山犹哭声。莫自使眼枯，收汝泪纵横。眼枯即见骨，天地终无情。”

“我军取相州⑤，日夕望其平。岂意贼难料，归军星散营⑥。就粮近故垒，练卒依旧京⑦。掘壕不到水，牧马役亦轻。况乃王师顺，抚养甚分明。送行勿泣血，仆射⑧如父兄。”

---

①原注：“收京后作，虽收两京，贼犹充斥。”按《通鉴》：至德二载九月，广平王俶、郭子仪等收复西京，十月，收复东京。惟河北尚未平，故云贼犹充斥也。新安：唐属河南府，今为河南新安县。　②更无丁：言岂无余丁可遣乎？　③帖：谓兵帖，即军籍也。　④唐制，人有丁中黄小之分。天宝二载，令民十八岁以上为中男，二十三岁以上成丁。　⑤相州：即邺郡，即河北临漳地界。《通鉴》：“至德二载冬十月，安庆绪走保邺郡，改邺郡为安成府，改元天成。”又：乾元二年三月，郭子仪等九节度围邺，庆绪坚守以待思明。城中食尽，淘马矢以食马；而官军无统御，进退无所禀。城久不下，上下解体。思明引兵趋邺，选精骑，日于城下钞掠，官军出则散归其营；昼备之则夜至，夜备之则昼至。又多遣壮士，窃官军装号，督趣运者，妄杀戮人。舟车所聚，则密纵火焚之。往复聚散，自相辨识，而官军不能察也。由是诸军乏食，思明乃大引军直抵城下，刻日决战。官军步骑六十万，阵于安阳河北……未及布阵，大风忽起。吹沙拔木，天地昼晦，咫尺不辨，两军大惊。官军溃而南，贼溃而北。子仪断河阳桥，保东京。⑥言军散各归其营也。　⑦旧京：指东京。　⑧仆射：谓郭子

仪。子仪以至德二载五月败于潏水，降为左仆射。惟在乾元初已进位中书，此复称仆射者，举其初贬之官而言也。

潼关吏[1]

士卒何草草[2]，筑城潼关道。大城铁不如，小城万丈余。借问潼关吏，“修关还备胡？”要我下马行，为我指山隅：“连云列战格[3]，飞鸟不能逾。胡来但自守，岂复忧西都。丈人视要处，窄狭容单车。艰难奋长戟，万古用一夫。”哀哉桃林[4]战，百万化为鱼。请嘱防关将，慎勿学哥舒[5]。

---

①潼关：在陕西潼关县北，相州败后所筑以备寇者，作者自洛阳至华州经此。　②草草：劳苦貌。《诗·小雅·巷伯》篇：“劳人草草。”　③战格：即战棚，所以捍敌者。　④桃林：谓桃林塞，即潼关也。《元和郡国志》：“桃林塞，自灵宝县以西至潼关皆是也。”　⑤哥舒翰率兵出关，次灵宝县之西原，为贼所乘，自相残蹂，坠黄河死者数万人。

石壕[1]吏

暮投石壕村，有吏夜捉人。老翁逾墙走，老妇出门看。吏呼一何怒！妇啼一何苦！听妇前致词："三男邺城②戍，一男附书至，二男新战死。存者且偷生，死者长已矣。室中更无人，惟有乳下孙。有孙母未去，出入无完裙。老妪力虽衰，请从吏夜归。急应河阳③役，犹得备晨炊。"夜久语声绝，如闻泣幽咽。天明登前途，独与老翁别。

---

①石壕：镇名，在河南三门峡东南。　②邺城：即邺郡，见《新安吏》注⑤。　③河阳：故城在河南孟县。郭子仪兵既溃，用都虞侯张用济策守河阳。七月，李光弼代子仪。参看《新安吏》注⑤。

新婚别

兔丝附蓬麻①，引蔓故不长。嫁女与征夫，不如弃路旁。结发为君妻，席不暖君床。暮婚晨告别，无乃太匆忙。君行虽不远，守边赴河阳②。妾身未分明，何以拜姑嫜③。父母养我时，日夜令我藏。生女有所归，鸡狗亦得将。君今往死地，沉痛迫中肠。誓欲随君去，形势反苍黄④。勿为新婚念，努力事戎行。妇人在军中，兵气恐不扬⑤。自嗟贫家女，久致罗襦裳。罗襦不复施，对君洗红妆。仰视百鸟飞，大小必双翔。人事多错迕，与君永相望。

①古诗："与君为新婚，兔丝附女萝。" ②见前诗注③。 ③姑嫜：舅姑也。 ④苍黄：同"仓黄"。 ⑤《汉书·李陵传》："我士气少衰而鼓不起者何也？军中岂有女子乎？搜得皆斩之。"

垂老别

四郊未宁静，垂老不得安。子孙阵亡尽，焉用身独完？投杖出门去，同行为辛酸。幸有牙齿存，所悲骨髓干。男儿既介胄，长揖别上官①。老妻卧路啼，岁暮衣裳单。孰知是死别，且复伤其寒。此去必不归，还闻劝加餐②。土门③壁甚坚，杏园④度亦难。势异邺城下，纵死时犹宽⑤。人生有离合，岂择衰老端。忆昔少壮日，迟回竟长叹。万国尽征戍，烽火被冈峦。积尸草木腥，流血川原丹。何乡为乐土，安敢尚盘桓。弃绝蓬室居，塌然摧肺肝⑥。

①此段叙出门时慷慨前往之状，乃答同行者。 ②此段叙临别时夫妇缱绻之情，乃对其妻者。 ③土门：未详所在，大约即

在河阳附近。 ④杏园：镇名。据《九域志》：在卫州汲县（河南卫辉市）。郭子仪进兵围卫州，于此渡河。 ⑤此段宽解其妻。 ⑥此段自为宽解，而终之以决绝。

无家别

寂寞天宝后，园庐但蒿藜。我里百余家，世乱各东西。存者无消息，死者为尘泥。贱子因阵败，归来寻旧蹊。久行见空巷，日瘦①气惨凄。但对狐与狸，竖毛怒我啼。四邻何所有，一二老寡妻。宿鸟恋本枝，安辞且穷栖。方春独荷锄，日暮还灌畦。县吏知我至，召令习鼓鞞②。虽从本州役，内顾无所携③。近行止一身，远去终转迷。家乡既荡尽，远近理亦齐④。永痛长病母，五年委沟溪。生我不得力，终身两酸嘶。人生无家别，何以为蒸黎⑤。

---

①日瘦：谓日色无光也。 ②鞞（bǐng）：与“鼙（pí）”同。古代军中用的鼓，谓骑鼓。 ③言虽从役本州，内顾而无与离别，则已伤矣。 ④言既无家可别，则远近无异矣。 ⑤蒸黎：犹言众民也。

夏日叹

夏日出东北，陵天经中街①。朱光彻厚地，郁蒸何由开。上苍久无雷，无乃号令乖②。雨降不濡物，良田起黄埃。飞鸟苦热死，池鱼涸其泥。万人尚流冗③，举目唯蒿莱。至今大河北，化作虎与豺。浩荡想幽蓟④，王师安在哉。对食不能餐，我心殊未谐。眇然贞观初，难与数子偕⑤。

---

①此乾元二年夏在华州作。该年久旱无雨，天下饥馑。中街：谓日中道，即亭午也。　②《后汉书·郎恺传》："《易传》曰：'当雷不雷，阳德弱也。'雷者号令，其德生养。"　③冗（rǒng）：散也。　④幽州：范阳郡；蓟州：渔阳郡，皆属河北道。时方在邺城溃后。　⑤数子：谓房（元龄）、杜（如晦）、王（珪）、魏（徵）之流。

夏夜叹

永日不可暮，炎蒸毒我肠。安得万里风，飘摇吹我裳。昊天出华月，茂林延疏光。仲夏苦夜短，开轩纳微凉。虚明见纤毫，羽虫亦飞扬。物情无巨细，自适固其常。念彼荷戈士，穷年守边疆。何由一洗濯，执热①互相望。竟夕击刁斗②，喧声连万方。青紫虽被体[3]，不如早还乡。北城悲笳发，鹳鹤号且翔。况复烦促倦，激烈思时康。

---

①与上篇同时之作。执热：犹云热不可解。　②刁斗：古时行军用具，夜鸣以警众报时者，犹更鼓也。　③《通鉴》："至德二载，郭子仪败于清渠，复以官爵收散卒；由是应募入军者，一切衣金紫。"

立秋后题[1]

日月不相饶，节序昨夜隔。玄蝉无停号，秋燕已如客。平生独往愿，惆怅年半百。罢官亦由人，何事拘形役。

---

①此乾元二年立秋次日作。甫为华州司功，属地饥荒，弃官客秦州。

佳　人[1]

绝代有佳人，幽居在空谷。自云良家子，零落依草木。关中昔丧败，兄弟遭杀戮。官高何足论，不得收骨肉。世情恶衰欹，万事随转烛。夫婿轻薄儿，新人美如玉。合昏②尚知时，鸳鸯不独宿。但见新人笑，那闻旧人哭。在山泉水清，出山泉水浊。侍婢卖珠回，牵萝补茅屋。摘花不插发，采柏动盈掬。天寒翠袖薄，日暮倚修竹。

---

①此诗当是乾元二年在秦州作。　②合昏：即夜合花，花晨开而夜合，故名。

梦李白二首

死别已吞声，生别常恻恻。江南瘴疠地，逐客无消息①。故人入我梦，明我长相忆。恐非平生魂，路远不可测。魂来枫林青②，魂返关塞黑。君今在罗网，何以有羽翼。落月满屋梁，犹疑照颜色。水深波浪阔，无使蛟龙得。

浮云终日行，游子久不至。三夜频梦君，情亲见君意。告归常局促，苦道来不易。江湖多风波，舟楫恐失坠。出门搔白首，若负平生志。冠盖满京华，斯人独憔悴。孰云网恢恢，将老身反累。千秋万岁名，寂寞身后事。

---

①天宝十五载，李白隐庐山。会永王璘东巡，入幕为僚佐。未

几，永王谋逆兵败，白坐系寻阳狱，得释。乾元元年，终以污璘事长流夜郎。遂泛洞庭，上峡江，至巫山，以赦得释。还憩岳阳、江夏。　②《楚辞·招魂》：“湛湛江水兮上有枫，目极千里兮伤春心，魂兮归来哀江南！”

后出塞五首①

男儿生世间，及壮当封侯。战伐有功业，焉能守旧丘。召募赴蓟门②，军动不可留。千金买马鞍，百金装刀头。闾里送我行，亲戚拥道周。斑白居上列，酒酣进庶羞③。少年别有赠，含笑看吴钩④。

朝进东门营⑤，暮上河阳桥⑥。落日照大旗，马鸣风萧萧。平沙列万幕，部伍各见招。中天悬明月，令严夜寂寥。悲笳数声动，壮士惨不骄。借问大将谁，恐是霍嫖姚⑦。

古人重守边，今人重高勋。岂知英雄主，出师亘长云。六合已一家，四夷且孤军。遂使貔虎士，奋身勇所闻。拔剑击大荒，日收胡马群⑧。誓开玄冥北⑨，持以奉吾君。

献凯日继踵，两蕃⑩静无虞。渔阳⑪豪侠地，击鼓吹笙竽。云帆转辽海⑫，粳稻来东吴⑬。越罗与楚练，照耀舆台躯⑭。主将⑮位益崇，气骄凌上都。边人不敢议，议者死路衢⑯。

我本良家子，出师亦多门。将骄益愁思，身贵不足论。跃马二十年，恐辜明主恩。坐见幽州骑，长驱河洛昏⑰。中夜间道归，故里但空村。恶名幸脱免，穷老无儿孙。

---

①旧说：《后出塞》为安禄山征东都之兵赴蓟门而作也。惟观第五首，则似作于禄山已反之后。今依《杜诗集说》，排列于此。②古蓟门：唐时蓟州，即天津蓟县。　③庶羞：各种美味也。④吴钩：刀名。含笑者，受而会意也。　⑤东门：即上东门，洛阳东面门也。　⑥洛阳有浮桥，驾黄河为之，相传为晋时杜预所建。参看《石壕吏》注③。　⑦霍嫖姚：霍去病也。　⑧《禄山事迹》："禄山包藏祸心……蓄单于护真大马习战斗者数万匹。"　⑨玄冥：北方也，北方属水，故曰玄冥。　⑩两蕃：谓奚与契丹。《新唐书·安禄山传》："天宝四载，奚契丹叛，禄山起兵击之。八月，给契丹诸酋大置酒，毒焉。既酣，悉斩其首，献馘阙下。"《通鉴》："十三载四月，禄山奏击破奚契丹，虏其王李曰；越十四载四月，又奏破奚契丹。"　⑪渔阳：唐郡，属幽州，即天津蓟县北京平谷等地。　⑫辽海：即渤海。　⑬禄山镇范阳，江淮挽输，千里不绝。　⑭《新唐书》："十三载，禄山奏前后立功将士请超三资告身；于是超授将军五百人，中郎将三千余人。"　⑮主将：谓禄山。　⑯按《禄山事迹》："禄山……自归范阳，逆状渐露。使者至，称疾不见，严令士于前后，戒备而后见之，无复人臣之礼……或言禄山反者，元宗缚送禄山；

道路相目，无敢言者。”　⑰唐范阳属幽州，禄山反时，起兵于此，鼓行而西，河洛相继失陷。

秦州杂诗[①]

莽莽万重山，孤城山谷间。无风云出塞，不夜月临关。属国[②]归何晚，楼兰斩未还[③]。烟尘独长望，衰飒正摧颜。

①秦州：今甘肃天水市，作者以乾元二年七月自华州弃官至此。《杂诗》原二十首，兹录其第七。　②汉苏武使匈奴归，拜为典属国。　③楼兰：汉傅介子持节使楼兰，斩其王，持首还。

月夜忆舍弟[①]

戍鼓断人行，秋边一雁声。露从今夜白[②]，月是故乡明[③]。有弟皆分散，无家问死生。寄书长不达，况乃未休兵。

①此诗当是乾元二年在秦州作。是年九月，史思明陷东京、汝、郑、滑四州，甫之弟，一在许，一在齐，故忆之。　②是夜逢白露节。　③谓犹是故乡月色。

雨　晴[1]

天外秋云薄，从西万里风。今朝好晴景，久雨不妨农。塞柳行疏翠，山梨结小红。胡笳楼上发，一雁入高空。

①此诗乾元二年作于秦州。

遣　怀[1]

愁眼看霜露，寒城菊自花。天风随断柳，客泪堕清笳。水净楼阴直，山昏塞日斜。夜来归鸟尽，啼杀后栖鸦。

①寒城、塞日，皆指秦州而言。乃乾元二年作。

野　望

清秋望不极，迢递起曾阴。远水兼天净，孤城隐雾深。叶稀风更落，山迴日初沉。独鹤归何晚，昏鸦已满林。

空　囊

翠柏苦犹食，晨霞高可餐。世人共卤莽，吾道属艰难。不爨[1]井晨冻，无衣床夜寒。囊空恐羞涩，留得一钱看。

---

①爨（cuàn）：烧火做饭之意。

发秦州[1]

我衰更懒拙，生事不自谋。无食问乐土，无衣思南州[2]。汉源[3]十月交，天气凉如秋。草木未黄落，况闻山水幽。栗亭[4]名更佳，下有良田畴。充肠多薯蓣[5]，崖蜜[6]亦易求。密竹复冬笋，清池可方舟[7]。虽伤旅寓远，庶遂平生游。此邦[8]俯要冲，实恐人事稠。应接非本性，登临未销忧。溪谷无异石，塞田始微收。岂复慰老夫，惘然难久留。日色隐孤戍，乌啼满城头。中宵驱车去，饮马寒塘流。磊落星月高，苍茫云雾浮。大哉乾坤内，吾道长悠悠[9]。

---

①原注："乾元二年，自秦州赴同谷县纪行。"按同谷县唐属成州，故城在甘肃成县。　②南州：同谷在秦州南，故曰"南州"。　③汉源：谓汉水发源之地，即指成州。　④栗亭：为

同谷县之一镇。《九域志》云：“栗亭在成州东五十里。” ⑤薯蓣：俗名山药。 ⑥崖蜜：即石蜜。其蜂黑色，作房于岩崖高峻处或石窟中，蜜色绿，胜于他蜜。 ⑦方舟：并舟也。 ⑧此邦：指秦州。 ⑨言以乾坤之大，而无容身之所，长此奔驰，未知何日方得休息耳！

赤　谷[1]

天寒霜雪繁，游子有所之。岂但岁月暮，重来未有期。晨发赤谷亭，险艰方自兹。乱石无改辙，我车已载脂②。山深苦多风，落日童稚饥。悄然村墟迥，烟火何由追。贫病转零落，故乡不可思。常恐死道路，永为高人嗤。

①赤谷：在秦州西南七十里。见《一统志》。 ②已载脂：言已涂油也。

铁堂峡[1]

山风吹游子，缥缈乘险绝。硖形藏堂隍②，壁色立积铁。径摩穹苍蟠，石与厚地裂。修纤无垠竹，嵌空太始③雪。威迟④

哀壑底，徒旅惨不悦。水寒长冰横，我马骨正折。生涯抵弧矢⑤，盗贼殊未灭。飘蓬逾三年，回首肝肺热。

---

①铁堂峡：在天水市东五里，相传三国时姜维祖茔在此。见《方舆胜览》。　②硖：与“峡”通。堂隍：同“堂皇”。《汉书·胡广传》：“列坐堂皇上。”注：“室无四壁曰皇。”　③太始：犹言太古也。　④威迟：回远也。潘岳诗：“峻坂路威迟。”　⑤抵：当也。抵弧矢：谓当用兵之时。

法镜寺①

身危适他州，勉强终劳苦。神伤山行深，愁破崖寺古。婵娟②碧藓净，萧摵寒箨聚③。洄洄④山根水，冉冉松上雨。泄云蒙清晨，初日翳复吐。朱甍半光炯⑤，户牖粲可数。拄策忘前期⑥，出萝已亭午⑦。冥冥子规叫，微径不复取⑧。

---

①据黄鹤说：法镜寺尚在秦州境内。　②婵娟：泛言人物美好之辞。　③箨（tuō）：竹皮也。萧摵（shè）：与“萧瑟”同。　④洄洄：水流貌。　⑤甍（méng）：屋栋也。光炯：光明也。　⑥前期：谓前路程期。沈约诗：“分手易前期。”　⑦言步出藤萝时已在午。　⑧言闻子规声惨，不敢取径搜奇，遂去寺而前行矣。

石　龛①

熊罴咆②我东，虎豹号我西。我后鬼长啸，我前狨③又啼。天寒昏无日，山远道路迷。驱车石龛下，仲冬见虹蜺。伐竹者谁子，悲歌上云梯④。为官采美箭，五岁供梁齐⑤。苦云直簳尽，无以充提携。奈何渔阳骑，飒飒惊蒸黎。

①《方舆胜览》谓石龛在成州近境。　②咆：兽怒吼也。《楚辞·招隐》："虎豹斗兮熊罴咆。"　③狨（róng）：猿属，轻捷善援木，生川峡深山中。　④云梯：谓山路。　⑤梁齐：谓河北官军。安史之乱始天宝十四载，至是五年。

积草岭①

连峰积长阴，白日递隐见。飕飕林响交，惨惨石状变。山分积草岭，路异鸣水县②。旅泊吾道穷，衰年岁时倦。卜居尚百里，休驾投诸彦③。邑④有佳主人，情如已会面。来书语绝妙，远客惊深眷。食蕨不愿余，茅茨眼中见。

①原注："同谷界。"《通志》："岭在旧大水同谷之间。"②《元和郡国志》："鸣水县属兴州。"路异：异此岭东西别行，

东则同谷，西则鸣水也。 ③诸彦：指投宿之家。 ④邑：指同谷。

乾元中寓居同谷县[①]作歌七首

有客有客字子美，白头乱发垂过耳。岁拾橡栗随狙公②，天寒日暮山谷里。中原无书归不得，手脚冻皴③皮肉死。呜呼！一歌兮歌已哀，悲风为我从天来。

长镵④长镵白木柄，我生托子以为命。黄精⑤无苗山雪盛，短衣数挽不掩胫。此时与子空归来，男呻女吟四壁静。呜呼！二歌兮歌始放，邻里为我色惆怅。

有弟有弟在远方，三人各瘦何人强。生别展转不相见，胡尘暗天道路长。东飞駕鹅后鹙鸧⑥，安得送我置汝旁。呜呼！三歌兮歌三发，汝归何处收兄骨。

有妹有妹在钟离⑦，良人早殁诸孤痴。长淮浪高蛟龙怒，十年不见来何时。扁舟欲往箭满眼，杳杳南国多旌旗。呜呼！四歌兮歌四奏，林猿为我啼清昼。

四山多风溪水急，寒雨飒飒枯树湿。黄蒿古城云不开，白狐跳梁黄狐立。我生何为在穷谷，中夜起坐万感集。呜呼！五歌兮歌正长，魂招不来归故乡。

南有龙兮在山湫[8]，古木巃嵸枝相樛[9]。木叶黄落龙正蛰，蝮蛇东来水上游。我行怪[10]此安敢出。拔剑欲斩且复休。呜呼！六歌兮歌思迟，溪壑为我回春姿。

男儿生不成名身已老，三年饥走荒山道。长安卿相多少年，富贵应须致身早。山中儒生旧相识，但话宿昔伤怀抱。呜呼！七歌兮悄终曲，仰视皇天白日速。

---

①见《发秦州》诗注①。　②狙（jū）公：谓畜狙者。《庄子·齐物论》："狙公赋芧。"注："芧，橡子也。"狙，猕猴。③皴（cūn）：皮皱裂也。　④镵（chán）：采药用具。　⑤黄精：蔬类植物，一名土芋，状如芋子，肉白皮黄，可以蒸食。⑥驾鹅：野鹅也，大于雁。司马相如《子虚赋》："弋白鹄，连驾鹅。"鹙鸧（qiū cāng）：水禽，即秃鹙，状如鹤，色苍灰。《楚辞·大招》："鹍鸿群晨，杂鹙鸧些。"注："鹙鸧，秃鹙也。"⑦钟离：安徽凤阳地。　⑧湫：池也。同谷万丈潭（见后）有龙，此借以起兴。　⑨巃嵸（lóng zòng）：高耸貌。樛（jiū）：树木向下弯曲。　⑩怪：畏也。

万丈潭①

青溪合冥寞，神物有显晦。龙依积水蟠，窟压万丈内。跼步凌垠堮②，侧身下烟霭。前临洪涛③宽，却立苍石大。山危一径尽，崖绝两壁对。削成根虚无，倒影垂澹瀩④。黑如湾澴⑤底，清见光炯⑥碎。孤云倒来深，飞鸟不在外。高萝成帷幄，寒木累旌旆。远川曲通流，嵌窦潜泄濑⑦。造幽无人境，发兴自我辈。告归遗恨多，将老斯游最。闭藏修鳞蛰，出入巨石碍。何当暑天过，快意风云会⑧。

---

①万丈潭：在同谷县东南七里，俗传有龙自潭飞出。见《方舆胜览》。　②垠堮（yín è）：边际也。《淮南子》："出于无垠堮之门。"　③洪涛：指嘉陵江。　④澹瀩（dàn duì）：水波相重之貌。　⑤澴（huán）：聚流也。　⑥炯：光也。　⑦濑：急水也。　⑧言方冬龙蛰，未能擘石而出，还思乘暑过此，观其腾曜风云之会也。

发同谷县①

贤有不黔突，圣有不暖席②。况我饥愚人，焉能尚安宅？始来兹山中，休驾喜地僻。奈何迫物累，一岁四行役③。忡忡④

去绝境，杳杳更远适。停骖龙潭[5]云，回首虎崖[6]石。临岐别数子，握手泪再滴。交情无旧深，穷老多惨戚。平生懒拙意，偶值栖遁迹。去住与愿违，仰惭林间翮。

---

①原注："乾元二年十二月一日，自陇右赴成都纪行。"
②《淮南子》："孔子无黔突，墨子无暖席。"注："灶突不至于黑，坐席不至于温，汲汲于行道也。" ③是年春，自东都回华州。秋，自华客秦。冬，自秦赴同谷，又自同谷赴成都——是一岁四行役也。 ④忡忡：忧思貌。 ⑤龙潭：即万丈潭。⑥《一统志》："有虎穴，在成县西。"虎崖即指此。

木皮岭[1]

首路栗亭[2]西，尚想凤皇村[3]。季冬携童稚，辛苦赴蜀门[4]。南登木皮岭，艰险不易论。汗流被我体，祁寒[5]为之暄。远岫争辅佐，千岩自崩奔。始知五岳外，别有他山尊。仰干塞大明[6]，俯入裂厚坤。再闻虎豹斗，屡跼风水昏。高有废阁道，摧折如短辕。下有冬青林，石上走长根。西崖特秀发，焕若灵芝繁[7]。润聚金碧气，清无沙土痕。忆观昆仑图，目击玄圃[8]存。对此欲何适？默伤垂老魂。

---

①《方舆胜览》：木皮岭在同谷县东二十里，河池县西十里。

杜甫发同谷，取路栗亭，南入郡界，历当房村，度木皮岭，由白水入峡入蜀，即此诗所述。 ②栗亭：见《发秦州》注④。 ③凤皇村：当与凤凰台相近，在同谷东南十里。 ④蜀门：即剑门。见后《剑门》注①。 ⑤祁寒：大寒也。《书·君牙》："冬祁寒。" ⑥大明：日也。句谓山高蔽日也。 ⑦谓五色璀璨。⑧昆仑：一名玄圃，仙境也。两句意谓昔时但见其图，今乃有若亲历其境。

白沙渡①

畏途随长江②，渡口下绝岸。差池上舟楫，杳窕入云汉。天寒荒野外，日暮中流半。我马向北嘶，山猿饮相唤。水清石礧礧③，沙白滩漫漫。迥然洗愁辛，多病一疏散，高壁抵嵚崟，洪涛越凌乱。临风独回首，揽辔复三叹④。

---

①白沙渡：与下篇之水会渡，当皆系嘉陵江之渡。 ②长江：指嘉陵江。 ③礧礧（lěi）：石累貌。 ④言在水中，觉水清沙白，风景可娱，及已渡回首，见高壁洪涛之可畏，故为之三叹也。

水会渡

山行有常程①，中夜尚未安。微月没已久，崖倾路何难。大江动我前②，汹若溟渤③宽。篙师暗理楫，歌笑轻波澜。霜浓木石滑，风急手足寒。入舟已千忧，陟巘仍万盘。回眺积水外，始知众星干④。远游令人瘦，衰疾惭加餐。

---

①言不到一定地点，中途无宿处也。 ②大江：指嘉陵江。 ③溟渤：皆海名。 ④言登岸回眺，始知众星之不在水中。

飞仙阁①

土门山行窄，微径缘秋毫②。栈云③阑干峻，梯石④结构牢。万壑欹疏林，积阴带奔涛。寒日外淡泊，长风中怒号⑤。歇鞍在地底，始觉所历高。往来杂坐卧，人马同疲劳。浮生有定分，饥饱岂可逃。叹息谓妻子，我何随尔曹⑥。

---

①《方舆胜览》：“飞仙岭在兴州（陕西略阳）东三十里。相传徐佐卿化鹤驻泊之地，故名飞仙。上有阁道百余间，即入蜀路。” ②言径之微，远视若缘秋毫而上也。 ③栈云：谓高栈连云。 ④梯石：谓垒石为梯。 ⑤幽深则日不及照，故曰

外淡泊。空大则风从内出，故曰中怒号。　　⑥言非为衣食计，亦何至来此地也。

五　盘①

五盘虽云险，山色佳有余。仰凌栈道细，俯映江木疏。地僻无网罟，水清反多鱼。好鸟不妄飞，野人半巢居。喜见淳朴俗，坦然心神舒。东郊尚格斗，巨猾何时除？故乡有弟妹，流落随丘墟。成都万事好，岂若归吾庐。

①五盘岭：即七盘岭。按《一统志》：在保宁府广元县（四川广元）北一百七十里。

剑　门①

惟天有设险，剑门天下壮。连山抱西南，石角皆北向。两崖崇墉倚，刻画城郭状。一夫怒临关，百万未可傍②。珠玉走中原，岷峨气凄怆③。三皇五帝前，鸡犬各相放。后王尚柔远，职贡道已丧④。至今英雄人，高视见霸王。并吞与割据，极力不相让。吾将罪真宰，意欲铲叠嶂。恐此复偶然，临风默惆怅。

---

①剑门：《旧唐书》：剑州剑门县大剑山，即梁山也，其北三十里有小剑山，大剑山有阁道三十里。《一统志》：大剑山在保宁府剑州北二十五里，蜀所恃为外户。其山峭壁中断，两崖相嵚，如门之关，如剑之植，故又名剑门山。　②张载《剑阁铭》："一人荷戟，万夫趑趄。"　③岷峨：谓岷山、峨眉山。前者在成都之西，后者在成都西南。此以岷峨代蜀地，言蜀为天府，珠玉皆归中原，然物力有穷，岷、峨亦为之凄怆矣。　④言蜀地当上古之世，本与中原不通。自秦开蜀道，务以柔远，职贡修而淳朴之道丧，蜀所以遂为多事之国。

成都府①

翳翳桑榆日，照我征衣裳。我行山川异，忽在天一方。但逢新人民，未卜见故乡。大江②东流去，游子去日长。曾城③填华屋，季冬树木苍。喧然名都会，吹箫间笙簧。信美无与适，侧身望川梁。乌雀夜各归，中原杳茫茫。初月出不高，众星尚争光。自古有羁旅，我何苦哀伤。

---

①成都府：今四川成都市。　②大江：当指岷江。　③曾城：即层城。

卜　居①

浣花②流水水西头，主人为卜林塘幽。已知出郭少尘事，更有澄江销客愁。无数蜻蜓齐上下，一双鸂鶒对沉浮。东行万里堪乘兴，须向山阴上小舟。

①黄鹤、鲍钦止皆云：剑南节度使裴冕，为公卜成都草堂以居之。仇兆鳌以为此说无据。裴若为公结庐，则诗题当特标裴冀公，而诗中亦不当以“主人卜林塘”轻叙矣。　②浣花：浣花溪，在成都西郭外，一名百花潭。见《太平寰宇记》。

王十五司马弟出郭相访兼遗营茅屋赀

客里何迁次①，江边正寂寥。肯来寻一老，愁破是今朝。忧我营茅栋，携钱过野桥。“他乡惟表弟，还往莫辞遥。”

①迁次：谓所迁次舍也。此言客中何所藉以为迁次之资。

堂成

背郭堂成荫白茅，缘江路熟俯青郊。桤①林碍日吟风叶，笼竹②和烟滴露梢。暂止飞乌将③数子，频来语燕定新巢。旁人错比杨雄宅④，懒惰无心作《解嘲》⑤。

---

①桤（qí）：落叶乔木。《四川志》云："古称蜀木，惟成都最多，江干林畔，蓊蔚可爱。" ②蜀人名大竹曰笼竹，见《山谷别集》。 ③飞乌：自喻。将：领也。 ④杨雄宅在华阳（旧属成都府治）少城西南角，一曰草元堂（见《太平寰宇记》）。 ⑤汉哀帝时，丁传董贤用事，雄方草《太元》。或嘲雄以元尚白，而雄解之，号曰《解嘲》（见《汉书》本传）。

蜀相

丞相祠堂①何处寻？锦官城②外柏森森。映阶碧草自春色，隔叶黄鹂空好音。三顾频烦天下计③，两朝④开济老臣心。出师未捷身先死⑤，长使英雄泪满襟。

---

①《太平寰宇记》："诸葛武侯祠在先主庙西。" ②《华阳国志》："成都西城，故锦官城也。" ③诸葛亮《出师

表》："三顾臣于草庐之中。"　　④两朝：谓刘备及刘禅也。⑤《三国志·诸葛亮传》："亮悉大众由斜谷出据武功五丈原，与司马懿对于渭南，相持百余日，疾卒于军。"

为　农

锦里[1]烟尘外，江村八九家。圆荷浮小叶，细麦落轻花。卜宅从兹老，为农去国赊。远惭勾漏令[2]，不得问丹砂。

---

①诗中云"圆荷""细麦"，当是上元元年春季作。锦里：即锦城。《华阳国志》："锦江：织锦濯其中则鲜明，他江则不好，故名曰锦里。"　　②勾漏：山名，在越南，古勾漏县在山下（见《一统志》）。参看前《赠李白》诗注①。

宾　至[1]

幽栖地僻经过少，老病人扶再拜难。岂有文章惊海内，漫劳车马驻江干。竟日淹留佳客坐，百年粗粝腐儒餐。不嫌野外无供给，乘兴还来看药栏。

①旧以此诗为《有客》，与《宾至》互错诗题，现依草堂本题为《宾至》。

狂夫

万里桥西一草堂[①]，百花潭[②]水即沧浪。风含翠筱娟娟静，雨裛[③]红蕖冉冉香。厚禄故人书断绝，恒饥稚子色凄凉。欲填沟壑唯疏放，自笑狂夫老更狂。

①万里桥：《华阳国志》："郡治少城西南两江有七桥，南渡流曰万里桥，在成都县南八里。" ②百花潭：《太平寰宇记》："杜甫宅在成都西郭外……地名百花潭。" ③裛（yǐ）：沾湿也。

进艇

南京[①]久客耕南亩，北望伤神坐北窗。昼引老妻乘小艇，晴看稚子浴清江。俱飞蛱蝶元相逐，并蒂芙蓉本自双。茗饮蔗浆携所有，瓷罂无谢玉为缸[②]。

①南京：即蜀郡。至德二载十二月，始以蜀郡为南京，以其在长安之南也。诗云“南京久客”，当是上元二年作。 ②罂（yīng）：腹大口小的容器。无谢：犹言不让也。

江村

清江一曲抱村流，长夏江村事事幽。自去自来堂上燕，相亲相近水中鸥。老妻画纸为棋局，稚子敲针作钓钩。多病所须唯药物①，微躯此外更何求。

①另本作：“但有故人供禄米。”

野老

野老篱前江岸回，柴门不正逐江开。渔人网集澄潭下，贾客船随返照来。长路关心悲剑阁，片云何意傍琴台①。王师未报收东郡②，城阙③秋生画角哀。

①琴台：乃司马相如琴台之故址。《玉垒山志》：“相如琴台

在浣花溪北。”　②东郡：谓京东诸郡。时，史思明虽破，而东都尚未收复。　③原注：“南京同两都，得称城阙。”

所　思

苦忆荆州醉司马①，谪官樽俎定常开。九江②日落醒何处？一柱观③头眠几回。可怜怀抱向人尽，欲问平安无使来。故凭锦水将双泪，好过瞿唐滟滪堆④。

---

①原注：“崔吏部漪。”崔盖自吏部而谪荆州司马也。　②《书·禹贡》：“过九江至于东陵。”《传》曰：“江分为九道，在荆州。”盖指今鄂之东赣之北地。　③《渚州故事》：“宋临川王义庆镇江陵，于罗公洲立观甚大，而惟一柱。”　④瞿塘峡：在重庆奉节东十三里。滟滪堆正当其口，为蜀江路之门户。

绝句漫兴九首

眼见客愁愁不醒，无赖春色到江亭。即遣花开深造次，便觉莺语太丁宁。

手种桃李非无主，野老墙底还似家。恰似春风相欺得，夜来吹折数枝花。

熟知茅斋绝低小，江上燕子故来频。衔泥点污琴书内，更接飞虫打着人。

二月已破三月来，渐老逢春能几回？莫思身外无穷事，且尽生前有限杯。

肠断江春欲尽头，杖藜徐步立芳洲。颠狂柳絮随风去，轻薄桃花逐水流。

懒慢无堪不出村，呼儿自在掩柴门。苍苔浊酒林中静，碧水春风野外昏。

糁径杨花铺白毡，点溪荷叶叠青钱。笋根稚子无人见，沙上凫雏傍母眠。

舍西柔桑叶可拈，江畔细麦复纤纤。人生几何春已夏，不放香醪如蜜甜。

隔户杨柳弱袅袅，恰似十五女儿腰。谁谓朝来不作意？狂风挽断最长条。

南　邻

锦里先生乌角巾，园收芋栗不全贫。惯看宾客儿童喜，得食阶除鸟雀驯。秋水才深四五尺，野航恰受两三人。白沙翠竹江村暮，相对柴门月色新。

出　郭

霜露晚凄凄，高天逐望低。远烟盐井上，斜景雪峰①西。故国犹兵马②，他乡亦鼓鼙③。江城今夜客，还与旧乌啼。

①雪峰：即雪山，在四川松潘南。　②时东都复陷。　③蜀都西逼吐蕃，故云。

恨　别

洛城一别四千里，胡骑长驱五六年。草木变衰行剑外①，兵戈阻绝老江边。思家步月清宵立，忆弟看云白日眠。闻道河阳②近乘胜，司徒③急为破幽燕。

①据诗中“长驱五六年”之说，当是上元元年在成都作。乾元二年春，甫自东都回华州，客秦州，寓同谷，至成都，奔走四千里。从天宝间安史之乱，至乾元之末上元之初，为五六年。蜀在剑门之外，故曰剑外。变衰：衰落也。《楚辞·九辩》：“草木摇落而变衰。” ②《唐书·李光弼传》：“乾元二年冬十月，光弼悉军赴河阳，大破贼众。上元之年，进围怀州。” ③光弼时为检校司徒。

客　至[1]

舍南舍北皆春水，但见群鸥日日来。花径不曾缘客扫，蓬门今始为君开。盘飧市远无兼味，樽酒家贫只旧醅②。肯与邻翁相对饮，隔篱呼取尽余杯。

①原注：“喜崔明府相过。” ②醅（pēi）：未过滤的酒。

漫成二首

野日荒荒白，春流泯泯清。渚蒲随地有，村径逐门成。只作披衣惯①，常从漉酒生②。眼边无俗物③，多病也身轻。

江皋④已仲春，花下复清晨。仰面贪看鸟，回头错应人。读书难字过⑤，对酒满壶频。近识峨眉老⑥，知余懒是真。

---

①陶渊明诗："相思则披衣，言笑无已时。"此处作衣裳不整解。 ②漉酒生：谓以漉酒为生涯也。 ③俗物：谓俗人。《世说》："嵇阮山涛在竹林酣饮，王戎后往，阮曰：'俗物已复来败人意。'" ④江皋：江岸也。 ⑤难字过：谓难识之字任其读过。 ⑥峨眉山在四川峨眉山市境内。原注：峨眉老，指"东山隐者"。

春夜喜雨

好雨知时节，当春乃发生。随风潜入夜，润物细无声。野径云俱黑，江船火独明。晓看红湿处，花重①锦官城。

---

①花重：言花着雨而加重也。梁简文帝《赋得入阶雨诗》："渍花枝觉重。"

江　亭

坦腹江亭暖，长吟野望时。水流心不竞，云在意俱迟①。寂寂春将晚，欣欣物自私②。故林归未得，排闷强裁诗。

①二句谓野水争流而予心自静，不欲与之俱竞。闲云徐度，而予心欲动，不觉与之俱迟。　②物自私：谓物各遂其性也。

可　惜

花飞有底急①？老去愿春迟。可惜欢娱地，都非少壮时。宽心应是酒，遣兴莫过诗。此意陶潜解，吾生后汝期。

①俗谓“何物”为“底”。有底急：言有何事而飞之急也。

寒　食

寒食江村路，风花高下飞。汀烟轻冉冉，竹日净晖晖。田父要皆去①，邻家问不违②。地偏相识尽，鸡犬亦忘归。

①谓田父招要，无不赴也。要，邀也。　②言邻家问馈，亦不违而受之。

春水生二绝

二月六夜春水生，门前小滩浑欲平。鸬鹚鸂鶒莫漫喜，吾与汝曹俱眼明。

一夜水高二尺强，数日不可更禁当。南市津头有船卖，无钱即买系篱旁。

江上值水如海势聊短述

为人性僻耽佳句，语不惊人死不休。老去诗篇浑漫与①，春来花鸟莫深愁②。新添水槛③供垂钓，故着浮槎替入舟。焉得思如陶谢手，令渠述作与同游④。

①浑漫与：谓随意付与也。别本作“漫兴”。　②诗人形容刻露，即花鸟亦应愁怕；今诗篇既随意付与，故谓花鸟可莫深愁

也。③后有《水槛》诗。④陶谢：陶潜、谢朓。言己既无佳句，则思如陶谢之手笔，使之述作而与同游也。

水槛遣心二首

去郭轩楹敞，无村眺望赊。澄江平少岸，幽树晚多花。细雨鱼儿出，微风燕子斜。城中十万户，此地两三家。

蜀天常夜雨，江槛已朝晴。叶润林塘密，衣干枕席清。不堪秖①老病，何得尚浮名？浅把涓涓酒，深凭送此生。

---

①秖（zhī）：祇也。如仅仅、只。

江畔独步寻花七绝句

江上被花恼不彻①，无处告诉只颠狂。走觅南邻爱酒伴②，经旬出饮独空床。

稠花乱蕊裹江滨，行步欹危③实怕春。诗酒尚堪驱使在，未须料理④白头人。

江深竹静两三家，多事红花映白花。报答春光知有处，应须美酒送生涯。

东望少城⑤花满烟，百花高楼更可怜。谁能载酒开金盏，唤取佳人⑥舞绣筵。

黄师塔⑦前江水东，春光懒困倚微风。桃花一簇开无主，可爱深红爱浅红⑧？

黄四娘家花满蹊，千朵万朵压枝低。留连戏蝶时时舞，自在娇莺恰恰啼。

不是爱花即欲死，只恐花尽老相催。繁枝容易纷纷落，嫩叶商量细细开。

---

①彻：尽也。　②原注："斛斯融，吾酒徒。"　③欹危：倾侧不稳也。　④料理：照料也。　⑤少城：成都西城也。《蜀都赋》："亚以少城，接乎其西。"注："少城，小城也。在古城西，市在其中。"　⑥佳人：指花楼上人。　⑦陆游《老学庵笔记》："余以事至犀浦，过松林甚茂。问驭卒：'此何处？'答曰：'师塔也。'蜀人呼僧为'师'，葬所为'塔'；始悟少陵'黄师塔前'之句。"　⑧言桃花稠密，可是爱深红

乎，抑爱浅红乎？“可爱深红爱浅红”句中的第二个“爱”字，别本或作“映”，或作“与”。

闻斛斯六官[1]未归

故人南郡[2]去，去索作碑钱。本卖文为活，翻令室倒悬。荆扉深蔓草，土锉[3]冷疏烟。老罢[4]休无赖，归来省醉眠。

---

①斛斯：复姓，名融，即甫所谓南邻爱酒伴者。俗称行几为几官。 ②南郡：谓江陵府，以在荆州南也。 ③土锉（cuò）：乃黔蜀人语，即行锅也。 ④老罢：言老则百事皆罢。

赴青城县[1]出成都寄陶王二少尹[2]

老耻妻孥笑[3]，贫嗟出入劳。客情投异县，诗态忆吾曹。东郭[4]沧江合，西山[5]白雪高。文章差底病[6]，回首兴滔滔。

---

①青城县：四川都江堰市，因山为名。山在县西南，一名丈人山。 ②时成都称南京，故如京兆，置少尹。 ③本句别本作：“老被樊笼役。” ④东郭：指成都，以青城在成都西也。

⑤西山：指青城山。　⑥差：乃差错之差。差底病：谓差在何病。

送韩十四江东觐省[1]

兵戈不见老莱衣[2]，叹息人间万事非。我已无家寻弟妹，君今何处访庭闱。黄牛峡[3]静滩声转，白马江[4]寒树影稀。此别应须各努力，故乡犹恐未同归。

①韩盖作者同乡人，必其父母避乱江东而往省之。　②老莱子，春秋时楚人，性至孝。行年七十，作婴儿戏，着五彩衣，以娱其亲。　③黄牛峡：在湖北宜昌西，与下句白马江，皆东行所经之处。　④白马江：在四川崇州东北。

茅屋为秋风所破歌

八月秋高风怒号，卷我屋上三重茅。茅飞度江洒江郊，高者挂罥[1]长林梢，下者飘转沉塘坳。南村群童欺我老无力，忍能对面为盗贼。公然抱茅入竹去，唇焦口燥呼不得。归来倚杖自叹息，俄顷风定云墨色。秋天漠漠向昏黑，布衾多年冷似铁，骄儿恶卧踏里裂。床头屋漏无干处，雨脚如麻未断绝。自经丧乱少睡眠，长夜沾湿何由彻[2]。安得广厦千万间，大庇天下寒士俱欢颜，风雨不动安如山。呜呼！何时眼前突兀见此屋。吾庐独破受冻死亦足。

---

①罥（juàn）：用绳索系取鸟兽，在此意挂也。　　②彻：谓彻晓，即达旦。

百忧集行[1]

忆年十五心尚孩，健如黄犊走复来。庭前八月梨枣熟，一日上树能千回。即今倏忽已五十，坐卧只多少行立。强将笑语供主人，悲见生涯百忧集。入门依旧四壁空，老妻睹我颜色同。痴儿未知父子礼，叫怒索饭啼门东[2]。

---

①当是上元二年辛丑作。甫生于壬子，至辛丑恰五十。

②《漫叟诗话》：“庖厨之门在东，故曰啼门东，非起韵也。”

不　见[1]

不见李生久，佯狂真可哀。世人皆欲杀，吾意独怜才。敏捷诗千首，飘零酒一杯。匡山②读书处，头白好归来。

---

①原注：“近无李白消息。” ②匡山：自来注家有两说。其一引《唐时纪事》所载东蜀杨天惠《彰明逸事》，谓李白生于彰明，微时隐居大匡山，今犹有读书堂云云；又一说则谓是匡庐山。今按诗意，白为蜀人，而作者时亦在蜀，盼其归来，当以前说为是。

草堂即事

荒村建子月①，独树老夫家。雾里江船渡，风前径竹斜。寒鱼依密藻，宿雁起圆沙②。蜀酒禁愁得③，无钱何处赊。

---

①肃宗上元二年九月，诏去“上元”号，称元年，以十一月为岁首，名为建子月。壬午朔，上受朝贺，如正旦仪（见《唐书·肃宗纪》）。 ②雁：旧本作“鹭”，误。起：为“聚”。③禁愁得：谓可以消愁也。禁，读平声。

屏迹三首①

用拙存吾道，幽居近物情。桑麻深雨露，燕雀半生成②。

村鼓时时急，渔舟个个轻。杖藜从白首，心迹喜双清。

晚起家何事，无营地转幽。竹光团野色，舍影漾江流。失学从儿懒，长贫任妇愁。百年浑得醉，一月不梳头。

衰颜甘屏迹，幽事供高卧。鸟下竹根行，龟开萍叶过。年荒酒价乏，日并园蔬课。犹酌甘泉歌，歌长击樽破③。

---

①此三首诗的排列，另有版本为："衰颜……"、"用拙……"、"晚起……"。　②半生成：谓一半方生一半已成也。　③酌甘泉而击空樽，以无酒也。

少年行

马上谁家白面郎，临阶下马坐人床。不通姓字粗豪甚，指点银瓶索酒尝。

赠花卿①

锦城丝管日纷纷，半入江风半入云。此曲只应天上有，人间能得几回闻？

①花卿：花惊定也，时为西川牙将。上元二年，梓州刺史段子璋反，袭东川节度使李兴于绵州，自称梁王，改元黄龙，以绵州为黄龙府，置百官。花惊定从成都尹崔光远攻拔绵州，斩子璋。（见《唐书·肃宗纪》及《高适传》）

遭田父泥饮美严中丞[1]

步屧随春风，村村自花柳。田翁逼社日，邀我尝春酒。酒酣夸新尹，"畜眼未见有。"回头指大男，"渠是弓弩手。名在飞骑籍，长番②岁时久。前日放营农③，辛苦救衰朽。差科④死则已，誓不举家走。今年大作社，拾遗能住否？"叫妇开大瓶，盆中为吾取。感此气扬扬，须知风化首。语多虽杂乱，说尹⑤终在口。朝来偶然出，自卯将及酉。久客惜人情，如何拒邻叟。高声索果栗，欲起时被肘⑥。指挥过无礼，未觉村野丑。月出遮我留，仍嗔问升斗。

①泥饮：柔言索物曰泥，此处谓强留之饮。泥，读去声。美严中丞：指田父之言，非作者美之也。严中丞，严武也。武初以御史中丞出为绵州刺史，迁东川节度使，再拜成都尹，兼御史大夫，充剑南节度使。（见《旧唐书·严武传》） ②《唐书·兵志》：

"择材勇者为番头，习弩射；又有羽林军飞骑，亦习弩。"长番：谓长在军籍无更代者。　③放营农：谓放归务农也。　④差科：乃在长番以外之兵役。　⑤尹：指严中丞，时为成都尹也。⑥肘：谓捉其肘而留之也。《史记》："魏桓子肘韩康子于车上。"

奉酬严公①寄题野亭之作

拾遗曾奏数行书，懒性从来水竹居。奉引②滥骑沙苑马，幽栖真钓锦江鱼。谢安不倦登临费③，阮籍焉知礼法疏④？枉沐旌麾出城府，草茅无径欲教锄。

---

①严公：严武也。孔毅夫《续世说》云："严武为成都尹，甫与武世旧，待遇甚隆，于浣花里种竹植木，结庐枕江，纵酒吟咏，与田畯野老相荡狎。武过之，有时不冠。"武寄题野亭原诗云："漫向江头把钓竿，懒眠沙草爱风湍。莫倚善题鹦鹉赋，何须不着鵔鸃冠？腹中书籍幽时晒，肘后医方静处看。兴发会能驰骏马，终须重到使君滩。"　②奉引：谓引道者。《汉官仪》："大驾则公卿奉引。"　③《晋书·谢安传》："安于东山营墅，楼馆竹林甚盛，子弟游集肴膳，亦屡费百金。"　④《魏志·阮籍传》："籍性疏懒，礼法之士嫉之如仇。"

三绝句

楸树①馨香倚钓矶，斩新②花蕊未应飞。不如醉里风吹尽，何忍醒时雨打稀。

门外鸬鹚去不来，沙头忽见眼相猜。自今已后知人意，一日须来一百回。

无数春笋满林生，柴门密掩断人行。会须上番看成竹③，客至从嗔不出迎。

---

①楸树：落叶乔木，叶似桐，夏开黄绿色细花。　②斩新：全新也，犹俗言簇新。湘、鄂、川方言仍有此词。　③番：读去声。上番：犹初番也。种竹家初番出者壮大，养以成竹；后出渐小，则取食之。看：谓看守也。

溪涨①

当时浣花桥②，溪水才尺余。白石明可把，水中有行车。秋夏忽泛溢，岂唯入吾庐。蛟龙亦狼狈，况是鳖与鱼。兹晨已半落，归路跬步③疏。马嘶未敢动，前有深填淤。青青屋东麻，散乱床上书。不意远山雨，夜来复何如。我游都市间，晚憩必村墟[4]。乃知久行客，终日思其居。

---

①此阻于溪水不得归草堂而作也。 ②谓浣花溪上之桥，即万里桥也。 ③跬（kuǐ）步：半步也。 ④村墟：指草堂，言平时每出，晚必归草堂宿也。

苦战行[1]

苦战身死马将军[2]，自云伏波[3]之子孙。干戈未定失壮士，使我叹恨伤精魂。去年江南[4]讨狂贼，临江把臂难再得。别时孤云今不飞，时独看云泪横臆。

---

①伤战死之将也。 ②马将军：未详其名。上元二年，段子璋反，陷遂州、绵州，马将军会兵攻之，为所败，死于遂州（四川遂宁）。 ③后汉马援拜伏波将军。 ④遂州在涪江（见下《去秋行》注②）之南，故曰江南。

去秋行[1]

去秋涪江[2]木落时，臂枪走马谁家儿。到今不知白骨处，部曲有去皆无归。遂州城中汉节在[3]，遂州城外巴人稀。战场冤魂每夜哭，空令野营猛士悲。

---

①述段子璋之乱而伤战败之士也。　②涪江：源出四川松潘东北雪栏山东南，流经江油、绵阳、遂宁等地，至合川与嘉陵江合。为段子璋乱事之作战区域。　③段子璋反，遂州刺史修属郡礼出迎，子璋杀之，故云遂州城中汉节在，盖伤之也。

观打鱼歌

绵州江水[1]之东津，鲂鱼鲅鲅[2]色胜银。渔人漾舟沉大网，截江一拥数百鳞。众鱼常才尽却弃，赤鲤腾出如有神。潜龙无声老蛟怒，回风飒飒吹沙尘。饔子[3]左右挥霜刀，鲙[4]飞金盘白雪高。徐州秃尾[5]不足忆，汉阴槎头[6]远遁逃。鲂鱼肥美知第一，既饱欢娱亦萧瑟[7]。君不见朝来割素鬐，咫尺波涛永相失。

---

①绵州：四川绵阳。江水：即涪江上游。　②鲅鲅（pǒ）：

鱼游貌。　③饔子：庖人也。　④脍（kuài）：细切肉也。⑤陆玑《草木鸟兽虫鱼疏》："鱮似鲂，厚而头大，鱼之不美者。其头尤大而肥者，徐州人谓之鲢，或谓之鳙。"徐州秃尾，或即指此。⑥《襄阳耆旧传》："岘山下汉水中出鳊鱼，肥美，常禁人采捕，以槎断水，谓之槎头鳊。"　⑦谓一饱之后仍归萧瑟也。

又观打鱼

苍江渔子清晨集，设网提纲万鱼急。能者操舟疾若风，撑突波涛挺叉入。小鱼脱漏不可记，半死半生犹戢戢[①]。大鱼伤损皆垂头，屈强[②]泥沙有时立。东津观鱼已再来，主人罢鲙还倾杯。日暮蛟龙改窟穴，山根鳣鲔随云雷[③]。干戈兵革斗未止，凤凰麒麟安在哉？吾徒胡为纵此乐，暴殄[④]天物圣所哀。

---

①戢戢：众聚貌。　②屈强：同"倔强"。　③鳣（zhān）：鲤类也。鲔（wěi）：似鳣而青黑。随云雷：言亦逐蛟龙而去也。④殄（tiǎn）：灭绝。

越王楼[1]歌

绵州州府[2]何磊落，显庆年[3]中越王作。孤城西北起高楼，碧瓦朱甍照城郭。楼下长江百丈清，山头落日半轮明。君王旧迹今人赏，转见千秋万古情。

---

①《绵州图经》："越王楼在绵州城外，西北有高台百尺，上有楼，下瞰州城，唐显庆中太宗子越王贞为绵州刺史日建。" ②州府：谓府之州治也。 ③显庆：高宗年号（公元656—660）。

宗武[1]生日

小子何时见？高秋此日生。自从都邑语，已伴老夫名[2]。诗是吾家事，人传世上情[3]。熟精《文选》[4]理，休觅彩衣[5]轻。凋瘵[6]筵初秩，欹斜坐不成。流霞[7]分片片，涓滴就徐倾。

---

①宗武：为杜甫次子。 ②言知我者无不知宗武之名。 ③言我以诗传家，而世人徒有寻常父子情耳。 ④《文选》：梁昭明太子萧统编。选录秦、汉、三国以下各朝之诗文，凡六十卷，唐显庆中，李善始为之作注。 ⑤言娱亲之事，不必太重视也。详见前《送韩十四江东觐省诗》注②。 ⑥瘵（zhài）：病，灾

害，劳苦。　　⑦流霞：仙酒也。

光禄坂[1]行

山行落日下绝壁，西望千山万山赤。树枝有鸟乱鸣时，暝色无人独归客。马惊不忧深谷坠，草动只怕长弓射。安得更似开元中②，道路即今多拥隔。

---

①旧注：光禄坂在梓州铜山县（四川三台境）。　　②开元：元宗年号（713—741）。《唐书·元宗本纪》："开元中天下富安：行者虽万里不持寸刃。"

悲　秋[1]

凉风动万里，群盗尚纵横。家远传书日，秋来为客情。愁窥高鸟过，老逐众人行。始欲投三峡②，何由见两京③。

---

①此当是宝应元年在梓州时作。是时史朝义与吐鲁番未平，而蜀又有徐知道之乱，故云"群盗尚纵横"。　　②三峡：即瞿塘峡、巫峡、西陵峡，为蜀东门户。　　③两京：即西京长安，东京

洛阳。

客　夜[1]

客睡何曾着，秋天不肯明。卷帘残月影，高枕远江声。计拙无衣食，途穷仗友生。老妻书数纸，应悉未归情。

①作者时客梓州，此当因得家书后有感不寐而作。书中必有催归之语，故末语云然。

客　亭

秋窗犹曙色，落木更天风。日出寒山外，江流宿雾中。圣朝无弃物，老病已成翁。多少残生事，飘零似转蓬。

九日登梓州城[1]

伊昔黄花酒，如今白发翁。追欢筋力异，望远岁时同。弟妹悲歌里，朝廷醉眼中。兵戈与关塞，此日意无穷。

①宝应元年及广德元年，甫均在梓州，此诗应为宝应元年所作。

相从歌赠严二别驾①

我行入东川②，十步一回首。成都乱③罢气萧飒，浣花草堂亦何有。梓中④豪俊大者谁，本州从事⑤知名久。把臂开樽饮我酒，酒酣击剑蛟龙吼。乌帽拂尘青骡粟⑥，紫衣将炙绯衣⑦走。铜盘烧蜡光吐日，夜如何其初促膝。黄昏始扣主人门，谁谓俄顷胶在漆⑧。万事尽付形骸外，百年未见欢娱毕。神倾意豁真佳士，久客多忧今愈疾。高视乾坤又可愁，一躯交态同悠悠⑨。垂老遇君未恨晚，似君须向古人求。

①此诗题另有："相逢歌赠严二别驾"、"赠严二别驾相逢歌"、"严别驾相逢歌"。别驾：为州刺史之佐吏。 ②梓州为东川节度使辖地。 ③指徐知道之乱，事在宝应元年秋。 ④梓州：四川三台境。 ⑤别驾古称从事，严二，梓州人，故称本州从事。 ⑥言乌帽则拂去其尘，青骡则饲之以粟，即"与为白饭马青刍"意，极言主人待客之厚也。 ⑦紫衣，绯衣：殆指其子弟之供役者。 ⑧胶在漆：喻交情厚也。《后汉书·雷义传》："陈重与雷义为友，乡里语曰：'胶漆自谓坚，不如雷与陈。'" ⑨言知心者少也。

早发射洪县[1]南途中作

将老忧贫窭，筋力岂能及。征途乃侵星②，得使诸病入。鄙人寡道气，在困无独立。俶装③逐徒旅，达曙凌险涩④。寒日出雾迟，清江转山急。仆夫行不进，驽马若维絷⑤。汀洲稍疏散，风景开怏悒。空慰所尚怀⑥，终非曩游集。衰颜偶一破，胜事难屡挹。茫然阮籍途⑦，更洒杨朱泣⑧。

---

①射洪县：唐属梓州，今属遂宁。　②侵星：犹言仍见星也。鲍照诗："侵星赴早路。"　③俶装：始装也。张衡《思元赋》："简元辰而俶装。"　④涩：难行也。　⑤絷（zhí）：系也。　⑥所尚怀：谓意所好尚也。　⑦《魏志·阮籍传》注："籍时率意独驾，不由径路，车迹所穷，辄痛哭而返。"⑧《淮南子》："杨朱见歧路而泣之，谓其可以南可以北。"

通泉驿南去通泉县[1]十五里山水作

溪行衣自湿，亭午气始散。冬温蚊蚋集，人远凫鸭乱。登顿②生曾阴，欹倾出高岸。驿楼衰柳侧，县郭轻烟畔。一川何绮丽，尽日穷壮观。山色远寂寞，江光夕滋漫③。伤时愧孔父④，去国同王粲⑤。我生苦飘零，所历有嗟叹。

①《旧唐书·地理志》："通泉县属梓州，汉广汉县地。"按即四川遂宁地，在射洪东南，涪江之阳。 ②登顿：谓上下也。谢灵运诗："山行穷登顿。" ③山：谓通泉山。江：谓涪江。《太平寰宇记》："通泉山在县西北二十里，东临涪江，绝壁二百余丈，水从山顶涌出，下注涪江。" ④孔父：即孔子，孔子之叹凤泣麟皆伤时之意。 ⑤王粲：东汉末人。汉献帝西迁，王粲之荆州依刘表。其《七哀诗》云："西京乱无象，豺虎方构患。复弃中国去，远身适荆蛮。"

陪王侍御宴通泉东山野亭

江水东流去，清樽日复斜。异方同宴赏，何处是京华。亭景临山水，村烟对浦沙。狂歌过形胜，得醉即为家。

闻官军收河南河北[①]

剑外[②]忽传收蓟北，初闻涕泪满衣裳。却看妻子愁何在？漫卷诗书喜欲狂。白日放歌须纵酒，青春作伴好还乡。即从巴峡穿巫峡[③]，便下襄阳向洛阳[④]。

①宝应元年十一月，官军破贼于洛阳，河南平。史朝义走河北，李怀仙斩其首以献，河北平。此诗为作者在剑外闻捷书而作也。②剑外：谓剑门之外。　③巴峡：通指长江自巫峡以东至湖北巴东县之一段而言。作者想像沿江东下，似应先巫峡而后巴峡。此云“即从巴峡穿巫峡”者，殆以巴峡特巫峡之一口耳。　④原注：“余田园在东京。”

远　游

贱子何人记，迷方[1]著处家。竹风连野色，江沫拥春沙。种药扶衰病，吟诗解叹嗟。似闻胡骑走[2]，失喜[3]问京华。

①鲍照诗：“南国有儒生，迷方独沦误。”　②犹不敢确信也。　③失喜：犹言失声、失笑。

春日梓州登楼二首

行路难如此，登楼望欲迷。身无却少壮，迹有但羁栖[1]。江水流城郭，春风入鼓鞞。双双新燕子，依旧已衔泥。

天畔登楼眼，随春入故园。战场今始定[2]，移柳更能存[3]。厌蜀交游冷，思吴胜事繁[4]。应须理舟楫，长啸下荆门。

---

①言此身却无少壮，而浪迹但有羁栖。　②时东京新复。　③庾信《哀江南赋》：“钓台移柳，非玉关之可望。”言乱虽定而家未必存，故下复思他适也。　④作者少时曾游吴、越。

送路六侍御入朝

童稚情亲四十年，中间消息两茫然。更为后会知何地，忽漫相逢是别筵[1]。不分[2]桃花红似锦，生憎柳絮白于绵，剑南春色还无赖，触忤愁人到酒边。

---

①言方逢而即别也。　②不分：犹言不合。分，读若“问”。

涪城县香积寺[1]官阁

寺下春江深不流，山腰官阁迥添愁。含风翠壁孤云细，背日丹枫万木稠。小院回廊春寂寂，浴凫飞鹭晚悠悠。诸天合在藤萝外，昏黑应须到上头。

①涪城县：属梓州，今四川绵阳。香积山在涪城县东南三里，北枕涪江。香积寺：在香积山上。长安亦有香积寺，题故加涪城县以别之。

登牛头山[1]亭子

路出双林外，亭窥万井中。江城孤照日，春谷远含风。兵革身将老，关河信不通。犹残数行泪，忍对百花丛。

①《太平寰宇记》："牛头山在梓州郪县西南二里，形似牛头，四面孤绝，俯临州郭，下有长乐寺，楼阁烟花，一方胜概。"

倚　杖[1]

看花虽郭内，倚杖即溪边[2]。山县早休市，江桥春聚船。狎鸥[3]轻白浪，归雁喜青天。物色兼生意，凄凉忆去年[4]。

①原注："盐亭县作。"按：盐亭县唐时属梓州，在州治东九十里，即四川盐亭。　②言风景一如郊外也。　③狎（xiá）：亲近而态度不庄重。　④谓去年避乱于此。

舟前小鹅儿[1]

鹅儿黄似酒[2]，对酒爱新鹅。引颈嗔船逼，无行[3]乱眼多。翅开遭宿雨，力小困沧波。客散层城暮，狐狸奈若何。

①原注："汉州城西北角官池作。"按：汉州，唐时属绵州，即四川广汉。　②《方舆胜览》云："鹅黄乃汉中酒名。"故以酒比鹅儿色也。　③行：行次也，读如"杭"。

官池春雁二首

自古稻粱多不足，至今鸂鶒乱为群。且休怅望看春水，更恐归飞隔暮云。

青春欲尽急还乡，紫塞宁论尚有霜[1]。翅在云天终不远，力微缯缴绝须防。

①紫塞：在雁门关下，北地寒，故尚有霜。

赠韦赞善[1]别

扶病送君发，自怜犹不归。只应尽客泪，复作掩荆扉。江汉故人少，音书从此稀。往还二十载，岁晚寸心违。

①赞善：唐时官名。《唐书·百官志》："东宫官佐：赞善大夫五人，掌传令，讽过失，赞礼仪。"

短歌行送祁录事归合州[1]因寄苏使君

前者途中一相见，人事经年记君面。后生相劝何寂寥，君有长才不贫贱。君今起舵春江流，余亦沙边具小舟。幸为达书贤府主②，江花未尽会江楼。

①《唐书·地理志》："合州涪陵郡属剑南东道。"按即重庆合川治。　②贤府主：指苏使君。

寄题江外草堂[1]

我生性放诞，雅欲逃自然。嗜酒爱风竹，卜居必林泉。遭乱到蜀江，卧痾遣所便。诛茅初一亩，广地方连延。经营上元始，断手宝应年[2]。敢谋土木丽，自觉面势坚。亭台随高下，敞豁当清川。惟有会心侣，数能同钓船。干戈未偃息，安得酣歌眠[3]。蛟龙无定窟，黄鹄摩苍天。古来达士志，宁受外物牵。顾惟鲁钝姿，岂识悔吝先[4]。偶携老妻去，惨淡凌风烟。事迹无固必，幽贞愧双全[5]。尚念四小松，蔓草易拘缠。霜骨[6]不甚长，永为邻里怜。

---

①原注："梓州作，寄成都故居。" ②肃宗乾元元年十二月，公至成都。上元元年乃建草堂之始，又二年为宝应元年，乃成草堂之日也。断手：犹言竣事。 ③公以避徐知道乱入梓，遂移家寓焉。 ④谓未能先期引去。 ⑤谓不能高隐而出于转徙也。 ⑥霜骨：松也。

韦讽录事宅观曹将军[1]画马图歌

国初已来画鞍马，神妙独数江都王[2]。将军得名三十载，人间又见真乘黄[3]。曾貌先帝照夜白[4]，龙池十日飞霹雳[5]。内府殷红马脑盘，婕好传诏才人索⑥。盘赐将军拜舞归，轻纨细绮相追飞。贵戚权门得笔迹，始觉屏障生光辉。昔日太宗拳毛䯄⑦，近时郭家师子花⑧。今之新图有二马，复令识者久叹嗟。此皆骑战一敌万，缟素漠漠开风沙⑨。其余七匹亦殊绝，迥若寒空动烟雪。霜蹄蹴踏长楸间，马官厮养⑩森成列。可怜九马争神骏，顾视清高气深稳⑪。借问苦心爱者谁，后有韦讽前支遁⑫。忆昔巡幸新丰宫⑬，翠华拂天来向东。腾骧磊落三万匹⑭，皆与此图筋骨同。自从献宝朝河宗⑮，无复射蛟江水中⑯。君不见金粟堆⑰前松柏里，龙媒⑱去尽鸟呼风。

---

①曹将军：曹霸也。唐张彦远《名画记》云："曹霸，魏曹髦之后。髦画称于魏代。霸在开元中已得名，天宝末每诏画御马及功臣，官至左武卫将军。"朱鹤龄云："曹将军《九马图》后藏长安薛绍彭家，苏子瞻作赞。"　②《名画记》："江都王绪，霍王元轨之子，太宗皇帝之犹子也。多才艺，善书，画鞍马，擅名垂拱中，官至金州刺史。"又朱景元《唐朝名画录》："江都王善画雀、蝉、驴子，应制明皇《潞府十九瑞应图》，实造神极妙。"　③乘黄：兽名。《山海经》："白民之国有乘黄，其状如狐，背上有两角，乘之，寿二千岁。"宋董逌《广川画跋》云："曹霸画马，与当时人绝迹，其径度似不可得而寻也。若以其形似求者，亦马也，不过类真焉耳。"　④貌：描摹也。先帝：谓元宗。《明皇杂录》："上所乘马有玉花骢、照夜白。"宋汤垕君《画鉴》云："曹霸人马图，红衣美髯奚官牵玉面骍，绿衣阉官牵照夜

白。” ⑤李林甫《唐六典注》：“兴庆宫，今上（玄宗）潜龙旧宅也。宅东有旧井，忽涌为小池，常有云气或黄龙出其中。景云中，其沼浸广，遂澒洞为龙池焉。”此言霸画逼真龙马，故能感动龙池之龙随风雷而至也。 ⑥马脑：玛瑙。言内府传诏索其画，而以玛瑙盘赐之也。婕妤、才人：皆内府女官名。《唐书·百官志》：“内官有婕妤九人，正三品；才人七人，正九品。” ⑦《长安志》：“太宗六骏……五曰拳毛骟，平刘黑闼时所乘。” ⑧唐苏鹗《杜阳杂编》：“代宗自陕还，命以御马九花虬并紫玉鞭辔赐郭子仪。九花虬额高九寸，拳毛如麟；亦有狮子骢，皆其类。”明陈耀文《天中记》云：“《杜诗》狮子花即九花虬。” ⑨缟素：指画绢。言缟素一开，如见战地风沙也。 ⑩厮养：卒也，亦画中所见者。析薪为厮，炊烹为养。 ⑪顾视清高：状昂首貌；气深稳：状稳健貌。 ⑫支遁：晋时道者。宋王义庆《世说》云：“支遁林常养数匹马。或言：‘道人畜马不韵。’支曰：‘贫道重其神骏耳。’” ⑬新丰宫：在骊山（今陕西临潼东南）下，玄宗常巡幸焉。 ⑭王洙注：明皇幸骊山，王毛仲以厩马数万从，每色为一队，相间若锦绣。 ⑮引穆天子故事以比玄宗之升遐。《穆天子传》：“天子西征至阳行之山——河伯冯夷之所都居——是惟河宗氏。天子沉璧于河，河伯乃与天子披图视典，用观天子之宝器。”《玉海》引《水经注》云：“玉果、璿玑烛、银金膏等物，皆河图所载，河伯所献。穆王视图，乃导以西迈矣。” ⑯用汉武帝故事以比明皇之好大喜功。《汉书·武帝纪》：“元封五年，自浔阳浮江亲射蛟江中，获之。” ⑰金粟：山名，明皇陵所在。《长安志》：“明皇泰陵在蒲城东北三十里金粟山。广德元年三月，葬泰陵。”按：蒲城唐名奉先县，即陕西蒲城县。　⑱龙媒：骏马也。汉武帝《天马歌》：“天马徕兮龙之媒。”

送韦讽上阆州录事参军

国步犹艰难，兵革未衰息。万方哀嗷嗷，十载供军食。庶官务割剥，不暇忧反侧。诛求何多门，贤者贵为德。韦生富春秋，洞澈有清识。操持纪纲地，喜见朱丝直。当令豪夺吏，自此无颜色。必若救疮痍，先应去蝥贼。挥泪临大江，高天意凄恻。行行树佳政，慰我深相忆。

丹青引赠曹将军霸

将军魏武之子孙，于今为庶①为清门。英雄割据虽已矣，文彩风流犹尚存。学书初学卫夫人②，但恨无过王右军③。丹青不知老将至，富贵于我如浮云。开元之中常引见，承恩数上南薰殿④。凌烟⑤功臣少颜色，将军下笔开生面。良相头上进贤冠⑥，猛将腰间大羽箭。褒公、鄂公⑦毛发动，英姿飒爽来酣战。先帝御马玉花骢⑧，画工如山貌不同⑨。是日牵来赤墀下，迥立阊阖生长风。诏谓将军拂绢素，意匠惨淡经营中。斯须九重真龙出，一洗万古凡马空。玉花却在御榻上，榻上庭前屹相向。至尊含笑催赐金，圉人太仆皆惆怅⑩。弟子韩幹⑪早入室，亦能画马穷殊相。幹惟画肉不画骨，忍使骅骝气凋丧。将军画善盖有神，必逢佳士亦写真。即今飘泊干戈际，屡貌寻常行路人。途穷反遭俗眼白，世上未有如公贫。但看古来盛名下，终日坎壈⑫缠其身。

---

①魏武：曹操也。《左传》："三后之姓，于今为庶。" ②卫夫人：名铄，晋卫恒从妹，李矩之妻，正书入妙，王羲之尝师之（见张彦远《法书要录》及张怀瓘《书断》）。 ③王右军：即王羲之，晋人，为右军将军，行隶为古今之冠（详见《书断》）。 ④《长安志》："南内兴庆宫内有南薰殿。" ⑤凌烟：阁名，唐太宗尝图画功臣于其上。 ⑥进贤冠：即古之缁布冠，贵贱以梁数为差。唐制，百官朝服，皆进贤冠。 ⑦凌烟阁功臣二十四人，鄂国公尉迟敬德第七，褒国公段志元第十一。 ⑧见前《画马图歌》诗注④。 ⑨谓传写不肖也。 ⑩画马夺真，故圉人、太仆为之惆怅。太仆，马官；圉人，厮养也。 ⑪《历代名画记》："韩幹，大梁人，官至太府寺丞，善写貌人物，尤工鞍马。初师曹霸，后独自擅……元宗好大马，西域、大宛，岁有来献，命幹悉图其骏。时，岐薛申宁王厩中皆有善马，幹并图之，遂为古今独步。" ⑫坎壈（lǎn）：不得志也。《楚辞·九辩》："坎壈兮贫士，失职而志不平。"

九　日

去年登高郪县[①]北，今日重在涪江滨。苦遭白发不相放，羞见黄花无数新。世乱郁郁久为客，路难悠悠常傍人。酒阑却忆十年事，肠断骊山清路尘[②]。

---

①郪（qī）县：唐属梓州，即四川射洪县。参看《登牛头山亭子》诗注①。　②天宝十四年冬，作者自京师归奉先，路经骊山，明皇方幸华清宫，安禄山反，然后还京师，至此十年矣。清路尘：谓辇出而清道也。

倦　夜[①]

竹凉侵卧内，野月满庭隅。重露成涓滴，稀星乍有无。暗飞萤自照，水宿鸟相呼。万事干戈里，空悲清夜徂[②]。

---

①另有版本作《倦秋夜》。竟夕不寐谓倦夜。　②徂（cú）：在此有易去之意。

薄 暮

江水长流地，山云薄暮时。寒花隐乱草，宿鸟择深枝。旧国见何日，高秋心苦悲。人生不再好，鬓发自成丝。

严氏溪放歌行

天下兵马未尽销，岂免沟壑常漂漂。剑南岁月不可度，边头公卿仍独骄。费心姑息是一役，肥肉大酒徒相要①。呜呼古人已粪土，独觉志士甘渔樵。况我飘转无定所，终日戚戚忍羁旅。秋宿霜溪素月高，喜得与子长夜语。东游西还力实倦，从此将身更何许。知子松根长茯苓②，迟暮有意来同煮。

---

①谓是辈公卿也者，有时小惠姑息，其所费心，不过相要一役而已；酒肉之外，岂有爱敬真情乎？　②《本草》：“茯苓，千岁松脂也，作丸散服，能断谷不饥。”

发阆中①

前有毒蛇后猛虎，溪行尽日无村坞。江风萧萧云拂地，山木惨惨天欲雨。女病妻忧归意急，秋花锦石谁复数。别家三月一得书②，避地何时免愁苦。

①唐时阆中县属梓州，故城在四川阆中东二十里。作者以广德元年（时年五十二）九月自梓州入阆中，冬末复归梓州，明年初春又返至阆中。诗中云“别家三月”，当是元年冬晚归梓州时作。冬末自阆还梓。　②时作者家在梓州。

冬狩行①

君不见东川节度兵马雄，校猎亦似观成功。夜发猛士三千人，清晨合围步骤同。禽兽已毙十七八，杀声落日回苍穹。幕前生致九青兕，骆驼嵬峞②垂玄熊。东西南北百里间，仿佛蹴踏寒山空。有鸟名鸜鹆③，力不能高飞逐走蓬。肉味不足登鼎俎，何为见羁虞罗中。春搜冬狩侯得同④，使君五马一马骢⑤。况今摄行大将权⑥，号令颇有前贤风。飘然时危一老翁，十年厌见旌旗红。喜君士卒甚整肃，为我回辔擒西戎⑦。草中狐兔尽何益，天子不在咸阳宫⑧。朝廷虽无幽王祸⑨，得不哀痛尘再蒙⑩，呜呼，得不哀痛尘再蒙！

---

①原注："时梓州刺史章彝兼侍御使，留后东川。" ②巋嵬（lěi wěi）：高貌。 ③鸜鹆（qù yù）：俗名八哥。 ④搜狩本天子礼，而诸侯得行之，故曰侯得同。 ⑤汉时朝臣出使为太守增一马，故曰五马；一马骢，言兼侍御史。 ⑥摄行大将权：言其留后东川也。 ⑦西戎：指吐蕃。 ⑧时吐蕃陷京，代宗奔陕州。 ⑨《史记·周本纪》："申侯与犬戎攻杀幽王于骊山之下。" ⑩前安禄山之乱，元宗奔蜀；今吐蕃入寇，代宗奔陕，故曰"尘再蒙"。

将适吴楚留别章使君留后[1]兼幕府诸公得柳字

我来入蜀门，岁月亦已久。岂惟长儿童，自觉成老丑。常恐性坦率，失身为杯酒。近辞痛饮徒，折节[2]万夫后。昔如纵壑鱼[3]，今如丧家狗[4]。既无游方恋，行止复何有。相逢半新故，取别随薄厚[5]。不意青草湖[6]，扁舟落吾手[7]。眷眷章梓州，开筵俯高柳。楼前出骑马，帐下罗宾友。健儿簇红旗，此乐或难朽。日车隐昆仑[8]，鸟雀噪户牖。波涛未足畏，三峡徒雷吼。所忧盗贼多，重见衣冠走[9]。中原消息断，黄屋今安否[10]？终作适荆蛮[11]，安排用庄叟[12]。随云拜东皇[13]，挂席上南斗[14]。"有使即寄书，无使长回首。"

---

①见前诗注①。　②折节：言痛改其旧所为也。　③王褒《圣主得贤臣颂》："沛乎若巨鱼纵大壑。"　④《家语》："儽然似丧家之狗。"　⑤谓各有馈赆之资也。　⑥青草湖：在湖南湘阴北约一百里。　⑦言久思下峡，而今始得遂也。　⑧谓日西落也。　⑨走：谓走散。禄安、吐蕃两陷京师，故曰重见。　⑩黄屋：天子所乘之车也，时代宗在陕州，故云。　⑪王粲《七哀诗》："复弃中国去，远身适荆蛮。"荆蛮：楚地。　⑫《庄子·大宗师》："安排而去化，乃入于寥天一。"注："安于推移，而与化俱去，故乃入于寂寥，而与天为一也。"　⑬东皇：神名，其祠在楚。《楚辞·九歌》有《东皇太乙》一章。《文选注》："太乙，天之尊神，祠在楚东，以配东帝，故曰东皇。"　⑭挂席：挂帆也。南斗：星名，吴之分野，以代吴地。

征　夫

十室几人在，千山空自多。路衢唯见哭，城市不闻歌。漂梗无安地，衔枚[①]有荷戈。官军未通蜀[②]，吾道竟如何。

---

①《周礼·秋官》："军旅合衔枚，禁无嚣。"《汉书·高帝纪》注："衔枚，止言语讙嚣，其状如箸，横衔之。"　②时吐蕃已陷松罗等州，西川节度使高适不能守，而援师未至，故云。

舍弟占归草堂检校聊示此诗

久客应吾道①，相随独尔来。熟知江路近，频为草堂回。鹅鸭宜长数②，柴荆莫浪开。东林竹影薄，腊月更须栽。

①甫有四弟，其中颖、观、丰各在他乡，唯占从甫入蜀。犹言久客应是吾分中事。　②作者迎家至梓后，草堂当仍有人看守，故鹅鸭尚存。

释　闷

四海十年不解兵①，犬戎也复临咸京②。失道非关出襄野③，扬鞭忽是过湖城④。豺狼塞路人断绝，烽火照夜尸纵横。天子亦应厌奔走，群公固合思升平。但恐诛求不改辙，闻道嬖孽能全生⑤。江边老翁错料事，眼暗不见风尘清。

①自天宝十四载禄山始乱，至广德初为十年。　②犬戎：指吐蕃。咸京：即咸阳。　③《庄子》："黄帝将见大隗于具茨之山，至于襄城之野，七圣皆迷，无所问途。"　④湖城：即芜湖。《世说》："王大将军敦军姑熟（安徽当涂），明帝乘巴賨马赍一金鞭，阴察军形。敦昼寝，梦日绕城，命骑追之，不及。"二

句暗指代宗出巡非访道，乃避贼也。　⑤嬖孽：指程元振。《通鉴》："程元振专权自恣：诸将有大功者，元振皆忌嫉欲害之。吐蕃入寇，元振不以时奏，致上狼狈出幸。太常博士柳伉上疏请斩元振，上犹以元振尝有保护功，削官爵，放归田里。"

阆山①歌

阆州城东灵山②白，阆州城北玉台③碧。松浮欲尽不尽云，江动将崩未崩石。那知根无鬼神会，已觉气与嵩华敌。中原格斗且未归，应结茅斋看青壁。

---

①阆山：指灵山，见下。　②《唐书·地理志》："阆州阆中县有灵山。"《舆地图》云："灵山峰多杂树，昔蜀王鳖灵帝登此，因名。"　③《舆地纪胜》："玉台观在城北七里，唐滕王尝游之，有滕王亭基。"

阆水①歌

嘉陵江②色何所似？石黛碧玉相因依③。正怜日破浪花出，更复春从沙际归。巴童荡桨欹侧过，水鸡衔鱼来去飞。阆中胜事可肠断，阆州城南④天下稀。

①阆水：即嘉陵江。见下。　　②嘉陵江：即古西汉水，或谓阆水源出陕西凤县嘉陵谷，流经陕西汉中，四川广元、南充，至重庆入江。　　③黛：青黑色。碧：石之青美者。言水浅处如碧，深处如黛也。　　④嘉陵江至阆中西北折而南，而东，而北。州城三面皆水，而城南正当佳处，对面即锦屏山。

滕王亭子二首①

君王台榭枕巴山，万丈丹梯尚可攀。春日莺啼修竹里，仙家犬吠白云间。清江锦石伤心丽，嫩蕊浓花满目斑。人到于今歌出牧②，来游此地不知还。

寂寞春山路，君王不复行。古墙犹竹色，虚阁自松声。鸟雀荒村暮，云霞过客情。尚思歌吹入，千骑把霓旌。

①原注：“在玉台观内。王调露年中（高宗年号）任阆州刺史。”（参看《阆山歌》注③）《旧唐书·滕王元婴传》：“元婴，高祖第二十二子，都督洪州，数犯宪章，于滁州安置；后起授寿州刺史，转隆州（即阆州）。”此诗当是广德二年，甫自梓返阆时，来游此亭作。　　②言至今犹歌颂滕王出牧时也。

将赴成都草堂途中有作先寄严郑公[1]五首

得归茅屋赴成都，直为文翁[2]再剖符。但使闾阎还揖让[3]，敢论松竹久荒芜。鱼知丙穴[4]由来美，酒忆郫筒[5]不用酤。五马旧曾谙小径[6]，几回书札待潜夫[7]。

处处青江带白蘋，故园犹得见残春。雪山斥候无兵马[8]，锦里逢迎有主人。休怪儿童延俗客，不教鹅鸭恼比邻。习池未觉风流尽，况复荆州赏更新[9]。

竹寒沙碧浣花溪，菱刺藤梢咫尺迷。过客径须愁出入，居人不自解东西。书签药里封蛛网，野店山桥送马蹄[10]。肯藉荒庭春草色，先判一饮醉如泥[11]。

常苦沙崩损药栏，也从江槛落风湍[12]。新松恨不高千尺，恶竹应须斩万竿[13]。生理只凭黄阁老[14]，衰颜欲付紫金丹[15]。三年奔走空皮骨[16]，信有人间行路难。

锦官城西生事微，乌皮几[17]在还思归。昔去为忧乱兵入[18]，今来已恐邻人非。侧身天地更怀古，回首风尘甘息机。共说总戎云鸟阵[19]，不妨游子芰荷衣[20]。

---

①《唐书·严武传》："宝应元年，自成都召还，拜京兆尹。明年为二圣山陵桥道使，封郑国公，迁黄门侍郎。广德二年，复节度剑南。" ②文翁：比严武。《汉书·循吏传》："文翁为蜀郡守，修起学宫于成都市中，吏民大化。" ③自严去蜀后，有徐知道之乱。 ④左思《蜀都赋》："嘉鱼出于丙穴。"刘渊林注："丙穴在汉中沔阳（陕西勉县），有鱼穴二所，常以三月取之。" ⑤《成都记》："成都府西五十里，因水标名曰郫县，以竹筒盛美酒，号曰郫筒。"又《华阳风俗录》："郫县有郫筒池，池旁有大竹，郫人刳其节，倾春酿于筒，信宿，香闻村外，断之以献，俗号郫筒酒。"按：郫（pí）：郫县，属四川。 ⑥五马：见前《冬狩行》注⑥。严武初镇蜀时，曾再至草堂，故有此语。 ⑦潜夫：谓不欲显其名者。《后汉书·王符传》："著书三十余篇，以讥当时得失，不欲章显其名，故号曰《潜夫论》。" ⑧雪山：见前《出郭》诗注①。斥候：侦探敌情者。 ⑨《晋书·山简传》："山简镇襄阳，唯酒是耽。诸习氏，荆土豪族，有佳园池。简每出游嬉，多之池上，置酒，辄醉，名之曰高阳池。"此处荆州，即谓山简，以比严武；习池比草堂。赏更新：指严武之再镇而言。 ⑩言主人不在，好景徒送过客马蹄耳。 ⑪判（pàn）：同"弃"。泥：虫名。《汉官仪》："一日不斋醉如泥。"宋吴曾《能改斋漫录·事实·醉如泥》："按：稗官小说：'南海有虫，无骨，名曰泥'，在水中则活，失水则醉如一堆泥然。" ⑫江槛：即水槛，见前《水槛》诗注。落：杀也，言设为江槛，所以灭杀风湍，则沙岸不致崩颓矣。 ⑬久不裁薙，故新松、恶竹

生之矣。　⑭严以黄门侍郎来镇，故称黄阁老。　⑮道士炼金石为药，谓服之可以成仙，是为金丹。《云笈七签》云：“合丹法：火至七十日，药成五色，飞华紫云乱映，名曰紫金。”　⑯谓往来梓、阆间。　⑰乌皮几：谓黑漆之几。谢朓有《乌皮隐》诗。⑱作者前以避徐知道乱入梓州。　⑲《六韬》：“凡当敌临战，以车骑分为云鸟之阵：所谓云鸟者，鸟散而云合，变化无穷者也。”　⑳《离骚》：“制芰荷以为衣兮。”言以严公将略，则游子可优游托迹，以野服晤语矣。

自阆州领妻子却赴蜀山行三首

汩汩①避群盗，悠悠经十年。不成向南国②，复作游西川③。物役水虚照④，魂伤山寂然。我生无倚着，尽室畏途边。

长林偃风色，回复意犹迷⑤。衫裛翠微润，马衔青草嘶。栈悬斜避石，桥断却寻溪⑥。何日干戈尽，飘飘愧老妻。

行色递隐见，人烟时有无。仆夫穿竹语，稚子入云呼。转石惊魑魅，抨弓落狖鼯⑦。真供一笑乐，似欲慰穷途。

---

①汩（yù）：迅疾貌。《楚辞》：“汩余若将不及兮，恐年岁之不吾与。”王逸注：“汩，去貌，疾若水流也。”汩字，有多种

义项，在此应作“如是”解。　②南国：指吴、楚。作者前有《将适吴楚留别章使君留后》诗，盖未果行也。　③西川：指成都。肃宗至德二年，改成都为南京，分为剑南西川节度使。　④言身为物所役，水亦徒相照，不得优游观赏之也。　⑤言疾风偃林，行人却阻，故往复而意迷也。　⑥言石桥断处，再寻溪路以行也。⑦抨（pēng）：弹也。狖（yǒu）：猴属。鼯（wù）：鼠属，状似蝙蝠，能飞行树间。

春　归①

苔径临江竹，茅檐覆地花。别来频甲子，归到忽春华。倚杖看孤石，倾壶就浅沙。远鸥浮水静，轻燕受风斜。世路虽多梗，吾生亦有涯②。此身醒复醉，乘兴即为家。

---

①广德二年季春，归成都时作。　②《庄子·养生主》：“吾生也有涯。”涯，穷尽之意。

归　来

客里有所适，归来知路难。开门野鼠走，散帙壁鱼①干。洗杓开新酝，低头拭小盘。凭谁给曲蘖②，细酌老江干。

①壁鱼：一名蛃鱼，书衣中虫名。　②曲蘖（qū niè）：酒曲，俗称酒娘。

草　堂[1]

昔我去草堂，蛮夷塞成都[2]。今我归草堂，成都适无虞。请陈初乱时，反复乃须臾。大将赴朝廷，群小起异图[3]。中宵斩白马，盟歃气已粗。西取邛南兵[4]，北断剑阁[5]隅。布衣数十人，亦拥专城居[6]。其势不两大，始闻蕃汉殊[7]。西卒却倒戈，贼臣互相诛[8]。焉知肘腋祸，自及枭獍[9]徒。义士皆痛愤，纪纲乱相逾。一国实三公[10]，万人欲为鱼[11]。唱和作威福，孰肯辨无辜。眼前列杻械[12]，背后吹笙竽。谈笑行杀戮，溅血满长衢。到今用钺地，风雨闻号呼。鬼妾与鬼马[13]，色悲充尔娱。国家法令在，此又足惊吁。贱子且奔走，三年望东吴[14]。弧矢暗江海，难为游五湖[15]。不忍竟舍此，复来薙榛芜。入门四松在，步屧万竹疏。旧犬喜我归，低徊入衣裾。邻舍喜我归，沽酒携胡芦[16]。大官[17]喜我来，遣骑问所须。城郭喜我来，宾客隘村墟。天下尚未宁，健儿胜腐儒。飘飖风尘际，何地置老夫？于时见疣赘[18]，骨髓幸未枯。饮啄愧残生，食薇不敢余[19]。

---

①宝应元年夏，严武入朝，七月剑南四川兵马使徐知道反，八月伏诛。甫曾携家避难梓州。广德二年春，武镇剑南，甫复还成都草堂。 ②徐知道纠集为乱。 ③严武内召，知道遂反。 ④唐时临邛县，即今邛崃县，在成都西，时为内附羌民所居，知道引之为乱。 ⑤剑阁在成都北，时知道以兵守要害。 ⑥指从逆授伪职者。 ⑦蕃：指羌兵；汉：指知道所统之兵。 ⑧以其势不能两大，故起内讧，而西卒倒戈矣。贼臣互相诛者，言知道为其下李忠厚所屠。 ⑨枭獍：比作乱者。枭（xiāo）：即猫头鹰，古人认为是恶鸟。食母。獍（jǐng）：恶兽，食父。 ⑩《左传》："一国三公，吾谁适从。"谓与李忠厚同辈者。 ⑪《史记·项羽本纪》："人为刀俎，我为鱼肉。" ⑫杻械：即桎梏。 ⑬已杀其主而夺之，故谓之鬼妾、鬼马；如匈奴以亡者之妻为鬼妻也。 ⑭作者去成都，往来梓、阆凡三年，时欲东下，不果。 ⑮五湖之说甚多，此当是太湖之别名。 ⑯胡芦：以之贮酒者。 ⑰大官：指严武。 ⑱言己不为世用，若疣赘也。 ⑲言不敢有余也。

四　松[①]

四松初移时，大抵三尺强。别来忽三载，离立[②]如人长。会看根不拔，莫计枝凋伤。幽色幸秀发，疏柯亦昂藏。所插小藩篱，本亦有堤防。终然枨拨损[③]，得愧[④]千叶黄。敢为故林主，黎庶犹未康。避贼今始归，春草满空堂。览物叹衰谢，及兹慰凄凉。清风为我起，洒面若微霜。足为送老资⑤，聊待偃盖张。我生无根蒂，配尔亦茫茫。有情且赋诗，事迹两可忘。勿矜千载后，惨淡蟠穹苍。

---

①参看前诗。　②《礼记·曲礼》："离坐、离立。"注："离两也；两相丽之谓离。"　③谢惠连《祭古冢文》："以物枨拨之。"注："南人以触物为枨。"枨：音chéng。　④得愧：言得不愧乎？　⑤谓欲借此游息以娱老。

登　楼

花近高楼伤客心，万方多难此登临。锦江春色来天地，玉垒①浮云变古今。北极朝廷终不改，西山寇盗莫相侵②。可怜后主③还祠庙，日暮聊为《梁父吟》④。

---

①玉垒山：在四川都江堰市西北。左思《蜀都赋》："包玉垒以为宇。"　②西山寇盗：指吐蕃。吐蕃陷京师，立广武郡王承宏为帝，郭子仪复京师，乘舆反正，故曰北极朝廷终不改，言吐蕃虽立君，终不能改命也。　③后主：比代宗。　④《梁父吟》：曲名。《蜀志·诸葛亮传》："亮躬耕陇亩，好为《梁父吟》。"按《艺文类聚》载《梁父吟》歌辞云："步出齐城门，遥

望荡阴里。里中有三坟，累累正相似。问是谁家墓？田疆古冶子。力能排南山，文能绝地纪。一朝被谗言，二桃杀三士。谁能为此谋？相国齐晏子。”此处引用，似于歌辞无所取义。

奉寄高常侍①

汶上②相逢年颇多，飞腾无那③故人何。总戎楚蜀应全未④，方驾曹刘⑤不啻过。今日朝廷须汲黯⑥，中原将帅忆廉颇⑦。天涯春色催迟暮，别泪遥添锦水波⑧。

---

①高常侍：即高适。代宗以严武代适，召还为刑部侍郎，转散骑常侍。　②汶上：谓汶水之上。汶水在山东。开元中作者与高适初遇于齐鲁。　③无那：无奈也。　④应全未：谓未尽其才也。　⑤曹刘：谓曹植、刘桢。钟嵘《诗品》：“曹、刘，殆文章之圣。”　⑥汲黯：汉武帝时为东海太守，召为九卿，面折廷诤，帝严惮之，许为社稷之臣。　⑦廉颇：战国赵之良将。⑧时高赴召而公在成都，故有此语。

绝句二首

迟日江山丽，春风花草香。泥融飞燕子，沙暖睡鸳鸯。

江碧鸟逾白，山青花欲然①。今春看又过，何日是归年。

---

①庾信诗："山花焰欲然。"言烂漫如火燃也。

黄河二首[1]

黄河北岸海西军②，椎鼓鸣钟天下闻。铁马长鸣不知数，胡人高鼻动成群。

黄河西岸是吾蜀，欲须供给家无粟。愿驱众庶戴君王，混一车书弃金玉③。

---

①此叹当时戍兵甚众，不能制吐蕃之横行。　②海西军：唐盛时所置，以防吐蕃者，时已陷于吐蕃。此海指羌海，亦名青海，在今青海东境。　③混一车书：本《中庸》"车同轨，书同文"之义。弃金玉：即"不宝金玉"之意，愿君王之尢奢侈也。

忆昔二首

忆昔先皇巡朔方①，千乘万骑入咸阳②。阴山骄子汗血马③，长驱东胡胡走藏④。邺城反覆不足怪⑤，关中小儿⑥坏纪纲，张后不乐上为忙⑦。至今今上犹拨乱，劳身焦思补四方。我昔近侍叨奉引⑧，出兵整肃不可当。为留猛士守未央⑨，致使岐雍防西羌⑩。犬戎直来坐御床，百官跣足随天王⑪。愿见北地傅介子⑫，老儒不用尚书郎⑬。

忆昔开元全盛日，小邑犹藏万家室。稻米流脂粟米白，公私仓廪俱丰实。九州道路无豺虎，远行不劳吉日出⑭。齐纨鲁缟车班班⑮，男耕女桑不相失。宫中圣人奏《云门》⑯，天下朋友皆胶漆。百余年间未灾变，叔孙礼乐萧何律⑰。岂闻一绢直万钱，有田种谷今流血。洛阳宫殿烧焚尽，宗庙新除狐兔穴。伤心不忍问耆旧，复恐初从乱离说。小臣鲁钝无所能，朝廷记识蒙禄秩。周宣中兴望我皇，洒血江汉身衰疾。

---

①谓肃宗即位于灵武。　②谓肃宗还京。　③谓借兵回纥。阴山：在今内蒙古自治区。唐时安北都护府也。　④回纥助讨安庆绪，收复两京，庆绪奔河北保邺郡。　⑤史思明既降复叛，救安庆绪于邺城，九节度使兵溃，东京复陷，均见前注。⑥关中小儿：谓李辅国。《旧唐书·宦官传》：“李辅国，闲厩马

家小儿。”《通鉴》注：“凡厩牧五坊、禁宛给使者，皆谓之小儿。” ⑦谓肃宗后张良娣。《旧唐书·后妃传》：“张后宠遇专房，与辅国持权禁中，干预政府，帝无如之何。”后不乐：状其骄恣。上为忙：状其畏缩。 ⑧肃宗初，公为拾遗，故曰近侍叨奉引。其时代宗以广平王为太子，拜天下兵马元帅。 ⑨猛士：谓郭子仪。未央：汉宫名，在长安故城中，此代长安。 ⑩宝应元年八月，子仪自河南入朝，程元振数谮之，子仪请解副元节度使留京师。明年，吐蕃大入寇。岐雍：为陕西之地。吐蕃本西羌属。⑪谓代宗奔陕州。 ⑫《汉书·傅介子传》：“傅介子，北地人也……持节使楼兰，斩其王首归，悬之北阙，诏封义阳侯。”⑬言不必授尚书郎也。时，公归成都，严武奏授尚书员外郎。⑭《旧唐书》：“开元末年，频岁丰稔，京师米价，斛不盈三百，天下乂安，虽行万里，不持寸刃。” ⑮车班班：言商贾不绝于道也。后汉桓帝时，京师童谣曰：“车班班，入河间，姹女工数钱。” ⑯《云门》：乐名。祀天神奏《云门》。喻世际升平也。 ⑰汉高祖既定天下，命叔孙通制朝仪，萧何制律。

院中晚晴怀西郭茅舍[1]

幕府秋风日夜清，澹云疏雨过高城。叶心朱实看时落，阶面青苔先自生。复有楼台衔暮景，不劳钟鼓报新晴[2]。浣花溪里花饶笑，肯信吾兼吏隐名[3]。

①院：谓幕府之院。西郭茅舍：即浣花草堂也。当是广德二年秋作。②俗以钟鼓声亮为晴之占。③《汝南先贤传》：“郑钦吏隐于蚁陂。”公在幕府为吏，归草堂为隐，兼有其名也。

到 村

碧涧虽多雨，秋沙先少泥。蛟龙引子过①，荷芰逐花低②。老去参戎幕，归来散马蹄。稻粱须就列，榛草即相迷③。蓄积思江汉④，疏顽惑町畦⑤。暂酬知己分，还入故林栖。

①《西京杂记》：“瓠子河决，有蛟龙从九子自决中逆上入河，喷沫流波数十里。”②雨多水宽，故蛟龙引子而过；泥少根脱，故荷芰逐花而低。③是久不到光景。④思由江汉而去也。⑤町畦：田畔界也。惑者，言此时既不愿久留，又不便辞去，不知何适而可，颇费踌躇耳。

宿 府

清秋幕府井梧寒，独宿江城蜡炬残。永夜角声悲自语，中天月色好谁看。风尘荏苒①音书绝，关塞萧条行路难。已忍伶俜十年事，强移栖息一枝安。

①荏苒（rěn rǎn）：渐渐过去。张华诗："荏苒日月。"

至　后①

冬至至后日初长，远在剑南思洛阳②。青袍白马③有何意，金谷铜驼非故乡④。梅花欲开不自觉，棣萼⑤一别永相望。愁极本凭诗遣兴，诗成吟咏转凄凉。

①关于此诗，或认为是广德二年冬在严武幕中作。或认为是赝作：复点"至"字，嫌累。"日初长"剩语。"有何意"可发一笑。"金谷铜驼"，正是故乡，但可云风景非昔耳。"不自觉"，冗率。竟以"棣萼"为兄弟，亦是俚习。　②洛阳：为公旧居。③谓为幕之生涯。　④金谷铜驼：谓故乡风物。非故乡：言料已非昔矣。金谷在洛阳西（见石崇《金谷诗序》），铜驼乃汉之遗物，在洛阳故宫之南街（见华延儁《洛阳记》）。　⑤棣萼：谓兄弟。《诗·常棣》篇："棠棣之华，萼不韡韡；凡今之人，莫如兄弟。"

春日江村五首

农务村村急，春流岸岸深。乾坤万里眼，时序百年心。茅屋还堪赋，桃源自可寻。艰难昧生理，飘泊到如今。

迢递来三蜀，蹉跎有六年。客身逢故旧，发兴自林泉。过懒从衣结，频游任履穿。藩篱颇无限，恣意向江天。

种竹交加翠，栽桃烂熳红。经心石镜①月，到面雪山②风。赤管③随王命，银章④付老翁。岂知牙齿落，名玷荐贤中。

扶病垂朱绂，归休步紫苔。郊扉存晚计，幕府愧群材。燕外晴丝卷，鸥边水叶开。邻家送鱼鳖，问⑤我数能来。

群盗哀王粲⑥，中年召贾生⑦。《登楼》⑧初有作，前席⑨竟为荣。宅入《先贤传》⑩，才高处士名⑪。异时怀二子，春日复含情。

---

①石镜：古迹，在成都。《蜀纪》："武都丈夫化为女子，颜色美好，蜀王娶以为妻，未几物故，于成都郭中葬之，以石镜一枚表其墓，径二丈，高五尺。"　②雪山：见前《出郭》注①。③《汉官仪》："尚书令仆射郎，日给赤管大笔一双，篆题曰'北

宫著作’。”　④《汉百官表》：“凡吏秩二千石以上，皆银印青绶。”　⑤问：谓问遗。　⑥王粲《七哀诗》：“西京乱无象，豺虎方构患。”注：“豺虎，谓群盗也。”　⑦见注⑨。⑧王粲避乱客荆州，思归，作《登楼赋》。　⑨汉贾谊，洛阳人。文帝初议以谊任公卿，大臣多短之，曰：“年少初学，专欲擅权，纷乱诸事。”上于是疏之，以为长沙王太傅。久之，上思谊，征之宣室，问鬼神之事，至夜半，文帝前席。前席：谓移坐而前也。　⑩谓遗宅空载于《先贤传》耳。《郡国志》：“长沙寺南有贾谊宅。”《襄沔记》：“王粲宅在襄阳并台，尚存。”古书有《南楚先贤传》。　⑪言以王、贾之才高而不用于时，则其名实同处士而已。

绝句六首

日出篱东水，云生舍北泥。竹高鸣翡翠，沙僻舞鹍鸡[①]。

蔼蔼花蕊乱，飞飞蜂蝶多。幽栖身懒动，客至欲如何。

凿井交棕叶[②]，开渠断竹根。扁舟轻袅缆，小径曲通村。

急雨捎溪足，斜晖转树腰。隔巢黄鸟并，翻藻白鱼跳。

舍下笋穿壁，庭中藤刺檐。地晴丝冉冉，江白草纤纤。

江动月移石，溪虚云傍花③。鸟栖知故道，帆过宿谁家。

---

①鹍鸡：似鹤，黄白色，长颈赤喙。《楚辞·九辩》：“鹍鸡啁哳而悲鸣。” ②蜀有盐井，雨露之水落其中则井坏，新凿井时即交棕叶以覆之。 ③石在江边，月浮江上，江波翻动，则恍如月光移动江边之石。花在溪旁，云行天上，映于水中，故见其虚而相傍。

绝句四首

堂西长笋别开门①，堑北行椒却背村②。梅熟许同朱老吃，松高拟对阮生论③。

欲作鱼梁④云覆湍，因惊四月雨声寒。青溪先有蛟龙窟，竹石如山不敢安⑤。

两个黄鹂鸣翠柳，一行白鹭上青天。窗含西岭千秋雪⑥，门泊东吴万里船。

药条药甲润青青，色过棕亭入草亭。苗满空山惭取誉，根居隙地怯成形⑦。

---

①别开门：恐踏笋也。 ②行椒：谓椒之成行者。却背村：言为堑隔也。 ③原注："朱、阮，剑外相知。" ④鱼梁：以竹片编织成网状，斜置于溪水急流处，以捕鱼。 ⑤因溪下有蛟龙，时兴云雨，故未敢安也。 ⑥西岭：即雪岭，见《出郭》篇注①。 ⑦成形：犹成材也。

天边行

天边老人归未得，日暮东临大江①哭。陇右河源不种田，胡骑羌兵入巴蜀②。洪涛滔天风拔木，前飞秃鹙③后黄鹄。九度附书向洛阳，十年骨肉无消息。

---

①此是永泰元年在成都时作。自天宝十四载至此，已恰十载。《唐书·五行志》：是年三月有大风拔树。大江：指嘉陵、涪江之属。 ②广德元年，吐蕃尽取河西、陇右之地，十二月，复陷松、维、保三州。 ③见前《乾元中寓居同谷县作歌》注⑥。

莫相疑行

男儿生无所成头皓白，牙齿欲落真可惜。忆献三赋蓬莱宫，自怪一日声辉赫。集贤学士如堵墙，观我落笔中书堂①。往时文彩动人主，此日饥寒趋路旁。晚将末契托年少②，当面输心背面笑。寄谢悠悠世上儿，不争好恶莫相疑③。

---

①此诗与《赤霄行》必有所指而作，但未详其人事。《新唐书·杜甫传》："天宝十三载，献三赋，帝奇之，使待制集贤院，命宰相试文章。"　②年少：指同幕者。陆机《叹逝赋》："记末契于后生，余将老而为客。"　③言已无心与世人争好恶，可以无用相疑也。

拨　闷①

闻道云安曲米春②，才倾一盏即醺人。乘舟取醉非难事，下峡消愁定几巡。长年三老③遥怜汝，棙舵开头④捷有神。已办青钱防雇直，当令美味入吾唇。

---

①因心有所闷，作此谑浪以自宽。　②云安：今重庆云阳治。曲米春：酒名。　③峡中以篙师为长年，舵工为三老。

④开头：即俗语撑头篙也。

禹　庙①

禹庙空山里，秋风落日斜。荒庭垂橘柚，古屋画龙蛇②。云气生虚壁，江声走白沙。早知乘四载③，疏凿控三巴④。

---

①《方舆胜览》："禹祠在忠州临江县，南过岷江二里。"按忠州即重庆忠县。　②橘柚锡贡（见《书·禹贡》），驱龙蛇，皆禹事，公因见此有感也。　③四载：谓水乘舟，陆乘车，泥乘楯，山乘樏（见《书·经传》）。　④汉刘璋分巴为三：即巴东、巴郡、巴西。

题忠州龙兴寺所居院壁

忠州三峡内①，井邑聚云根。小市常争米，孤城早闭门。空看过客泪，莫觅主人恩。淹泊仍愁虎，深居赖独园②。

---

①三峡：有两说：一说指巴峡、巫峡、嘉陵峡而言；又一说以明月峡为首，巴峡、巫峡之类为中，东突峡为尽。此处当从后说，

盖明月峡在今重庆境，而忠州居重庆奉节之间，故得云三峡内也。②《金刚经》有只树给孤独园，谓施舍孤独者之园也。此处指龙兴寺。

哭严仆射归榇[1]

素幔随流水，归舟返旧京②。老亲如宿昔③，部曲异平生。风送蛟龙匣④，天长骠骑⑤营。一哀三峡暮，遗后⑥见君情。

---

①《唐书·严武传》："永泰元年四月薨，年四十，赠尚书左仆射。"　②旧京：谓西京，武本华阴人，故榇归京师。　③时武母尚在。　④《西京杂记》："帝及诸王送死，皆珠襦玉匣；匣形如铠甲，连以金镂，镂为蛟龙鸾凤之状，世谓蛟龙玉匣。按《汉书·霍光传》："赐璧珠玑玉衣梓宫。"则人臣灵榇亦可称蛟龙匣也。　⑤汉霍去病以骠骑将军薨，其年略与武同，故以相比。　⑥遗后：犹言身后也。

旅夜书怀

细草微风岸，危樯独夜舟。星垂平野阔，月涌大江流。名岂文章著，官应老病休。飘飘何所似，天地一沙鸥。

云安九日郑十八携酒陪诸公宴

寒花开已尽，菊蕊独盈枝。旧摘人频异①，轻香酒暂随。地偏初衣袷②，山拥更登危。万国皆戎马③，酣歌泪欲垂。

①言摘是花者，自古以来已屡异其人矣。　②袷：同“裌”，夹衣也。　③时为永泰元年九月，仆固怀恩复引吐蕃回纥入寇。

别常征君①

儿扶犹杖策，卧病一秋强②。白发少新洗，寒衣宽总长。故人忧见及③，此别泪相忘④。各逐萍流转，来书细作行。

①汉魏以来，起隐士谓之征君。　②一秋强：一秋有余也。③忧见及：忧及已病也。　④泪相忘：不觉泪下也。

怀锦水居止二首[1]

军旅西征僻，风尘战伐多[2]。犹闻蜀父老，不忘舜讴歌[3]。天险终难立[4]，柴门岂重过。朝朝巫峡水，远远锦江波。

万里桥南宅，百花潭北庄。层轩皆面水，老树饱经霜。雪岭界天白，锦城曛日黄[5]。惜哉形胜地，回首一茫茫。

---

①此因蜀乱而怀思草堂也。　②永泰元年冬十月，剑南节度使郭英乂为兵马使崔旰所杀，邛州牙将柏茂琳、泸州牙将杨子琳，剑州牙将李昌夔共起兵讨之。　③谓玄宗曾幸蜀也。　④言盗贼不能恃天险以自固。　⑤曛（xūn）：日落时的余光。

青　丝[1]

青丝白马[2]谁家子，粗豪且逐风尘起。不闻汉主放妃嫔[3]，近静潼关扫蜂蚁[4]。殿前兵马[5]破汝时，十月即为齑粉期。未如面缚归金阙，万一皇恩下玉墀。

---

①此诗言仆固怀恩之乱也。广德二年二月，怀恩谋取太原，其子玚进围榆次。十月，怀恩与回纥、吐蕃进逼奉天。永泰元年九

月，又诱回纥、吐蕃、吐谷浑、党项、奴剌俱入寇。是时，怀恩乘吐蕃入犯之后，阻兵犯顺。上初遣裴遵庆诣怀恩讽令入朝，又下诏称其勋劳，许以但当诣阙，更勿有疑，而怀恩皆不从。 ②《南史·侯景传》："大同中童谣曰：'青丝白马寿阳来。'景乘白马，青丝为辔，欲以应谣。"此以侯景比怀恩。 ③汉文帝十二年，出惠帝后宫美人令得嫁。代宗永泰元年二月，出宫女千人。④吐蕃陷长安，泾州刺史高晖为向导。吐蕃遁，率骑三百东走潼关，守将李日越擒而杀之。 ⑤盖以高晖比怀恩也。殿前兵马：谓神策军也。神策军自广德元年即归禁中，上自将之。

三绝句[①]

前年渝州杀刺史，今年开州杀刺史[②]。群盗相随剧虎狼，食人更肯留妻子。

二十一家同入蜀[③]，唯残一人出骆谷[④]。自说二女啮臂[⑤]时，回头却向秦云哭。

殿前兵马虽骁雄，纵暴略与羌浑[⑥]同。闻道杀人汉水上，妇女多在官军中。

---

①第一首写"群盗相随剧虎狼"，第三首写官军亦如虎狼。深

刺时政。　②渝州：即重庆。开州：即开县。天宝乱后，蜀中山贼塞路，渝、开之乱，史不及书。　③永泰元年九月，怀恩诱党项、吐谷浑、奴刺寇同州，及凤翔、盩厔。入蜀：盖因避羌、浑之乱也。　④骆谷：关名，在盩厔（zhōu zhì）（陕西周至）西南一百二十里，南通蜀汉。　⑤《史记》："吴起出卫国门，与母啮臂而盟。"二女啮臂，恐不两全，故弃之而走也。　⑥羌：谓吐蕃、党项之属。浑：吐谷浑也。

十二月一日三首

今朝腊月春意动，云安县前江可怜。一声何处送书雁，百丈①谁家上濑船。未将梅蕊惊愁眼，要取椒花媚远天②。明光起草人所羡③，肺病几时朝日边。

寒轻市上山烟碧，日满楼前江雾黄。负盐出井此溪女④，打鼓发船何郡郎。新亭举目风景切⑤，茂陵著书消渴长⑥。春花不愁不烂熳，楚客唯听棹相将⑦。

即看燕子入山扉，岂有⑧黄鹂历翠微。短短桃花临水岸，轻轻柳絮点人衣。春来准拟开怀久，老去亲知见面⑨稀。他日一杯难强进，重嗟筋力故山违。

①百丈：所以牵船者。《入蜀记》："上峡，惟用橹及百丈，不用张帆。百丈以巨竹四破为之，大如人臂。" ②《晋书》："刘臻妻陈氏正日献《椒花颂》。"此时去元旦已近，故思及之。③《汉官仪》："尚书郎直宿建礼门，奏事明光殿，下笔为诏策，出言为诰命。"起草：即下笔之意。 ④《唐书》："夔州奉节、云安皆有盐官，其俗以女当门户，多贩盐自给。" ⑤《晋书·王导传》："中州人士，避乱江左，每至暇日，邀饮新亭，周顗中座叹曰：'风景不殊，举目有江山之异！'"《通鉴》注："新亭去江宁县十里。"切：凄切也。 ⑥《史记·司马相如传》："相如尝有消渴疾，其进仕宦，未尝肯与公卿国家之事，尝称病闲居，不慕官爵。"茂陵：即其隐居之处，在陕西兴平东北。消渴疾：糖尿病之中医名。 ⑦公时居夔州，故称楚客，盖夔州（今奉节县），战国时为楚巫山县，故称南楚也。棹相将：谓相将以举棹也。 ⑧岂有：犹言岂不有。 ⑨见面：谓与春见面。

南 楚①

南楚青春异，暄寒早早分。无名江上草，随意岭头云。正月蜂相见，非时鸟共闻。杖藜妨跃马②，不是故离群③。

①见前诗注⑦。 ②言恐杖藜缓行有妨少年跃马者。 ③

时当有招不赴。

老　病

老病巫山里，稽留楚客中。药残他日裹，花发去年丛。夜足沾沙雨，春多逆水风。合分双赐笔，犹作一飘蓬。

杜　鹃

西川有杜鹃，东川无杜鹃①。涪万②无杜鹃，云安有杜鹃。我昔游锦城，结庐锦水边。有竹一顷余，乔木上参天。杜鹃暮春至，哀哀叫其间。我见常再拜，重是古帝魂③。生子百鸟巢，百鸟不敢嗔④。仍为喂其子⑤，礼若奉至尊。鸿雁及羔羊，有礼太古前。行飞与跪乳，识序如知恩⑥。圣贤古法则，付与后世传。君看禽鸟情，犹解事杜鹃。今忽暮春间，值我病经年。身病不能拜，泪下如迸泉。

---

①西川：谓四川之西部。东川：谓四川之东部。　②涪：涪州，即涪陵。万：万州。　③《成都记》："望帝化为鸟，名曰杜鹃，亦曰子规。"　④《博物志》："杜鹃生子寄之他巢，百鸟为饲之。"　⑤喂（wèi）：喂养。意饥饿、鱼腐烂。　⑥羊祜《雁赋》："鸣则相和，行则按武；前不绝贯，后不越序。"

《春秋繁露》："羔饮其母，必跪，类知礼者也。"

子　规①

峡里云安县，江楼翼瓦②齐。两边山木合，终日子规啼。眇眇春风见，萧萧夜色凄。客愁那听此，故作傍人低。

①一说子规即杜鹃；一说子规非杜鹃，乃啼声若"不如归去"者。　②翼瓦：谓檐宇飞扬，若鸟之张翼然。

近　闻

近闻犬戎远遁逃①，牧马不敢侵临洮。渭水逶迤白日净，陇山萧瑟秋云高。崆峒五原亦无事②，北庭数有关中使③。似闻赞普④更求亲，舅甥和好应难弃⑤。

①永泰元年，郭子仪与回纥定约，吐蕃闻之夜遁。　②崆峒：见《送高三十五书记》诗注②。五原：唐属盐州，即山西定边。　③唐时置北庭节度使，统翰海、天山、伊吾三军。大历元年二月，命杨济修好吐蕃，吐蕃遣首领论泣陵来朝。　④吐蕃国人称其王为赞普。　⑤唐初有文成、金城公主两使吐蕃。

移居夔州①作

伏枕云安县，迁居白帝城②。春知催柳别③，江与放船清④。农事闻人说，山光见鸟情。禹功饶断石，且就土微平⑤。

---

①唐时夔州治即奉节，在云阳东二百四十三里（见《太平寰宇记》）。　②见后《上白帝城二首》注①。　③折柳所以赠别，谓春知我之别意，故催柳成条。　④与：付与，言江知我之放船，故特为之清。　⑤旧注：沿峡皆开凿而成，故少平土，惟夔州稍平耳。

船下夔州郭宿①雨湿不得上岸别王十二判官

依沙宿舸②船，石濑月娟娟。风起春灯乱，江鸣夜雨悬。晨钟云外湿，胜地石堂③烟。柔橹轻鸥外，含凄觉汝贤。

---

①郭宿：宿于云安郭外，王判官盖在云安也。　②南楚、荆、湖，凡船大者谓之舸。　③石堂：当是夔州胜处。

漫成一绝

江月去人只数尺，风灯照夜欲三更。沙头宿鹭联拳①静，船尾跳鱼拨剌②鸣。

---

①谢庄《玩月诗》："水鹭足联拳。"联拳：蜷缩貌。　②拨剌：鱼跃声。

引　水[①]

月峡②瞿塘云作顶，乱石峥嵘俗无井。云安沽水奴仆悲，鱼复③移居心力省。白帝城西万竹蟠，接筒引水喉不干。人生留滞生理难，斗水何直百忧宽。

---

①夔州之地，罕有凿井汲泉者，多以竹管引山泉而饮用。相连之竹管有至数百丈者。　②月峡：即明月峡。见《题忠州龙兴寺所居院壁》注①。　③夔州奉节县即汉巴郡鱼复县。

上白帝城[①]二首

江城含变态，一上一回新。天欲今朝雨，山归万古春。英雄余事业，衰迈久风尘。取醉他乡客，相逢故国人。兵戈犹拥蜀[②]，赋敛强输秦。不是烦形胜，深愁畏损神[③]。

白帝空祠庙[④]，孤云自往来。江山城宛转，栋宇客徘徊。勇略今何在，当年亦壮哉。后人将酒肉，虚殿日尘埃。谷鸟鸣还过，林花落又开。多惭病无力，骑马入青苔。

---

①后汉公孙述，字子阳。更始时，起兵讨宗成王岑之乱，破之。遂有蜀土，僭立为帝，都成都。色尚白，改成都郭外旧仓为白帝仓，筑城于鱼复号曰白帝城。立十二年，为光武所灭。《全蜀总志》云："白帝城在夔州府治东五里……为楚、蜀咽喉。" ②指崔旰之乱。 ③言若徒深愁而不藉形胜以自解，则恐损神耳。旧注以烦为烦厌之烦，则与前"一上一回新"句不合矣。 ④《方舆胜览》："白帝庙在奉节县东八里旧州城内，有三石笋，犹存。"

白帝城最高楼

城尖径仄旌旆愁，独立缥缈之飞楼。峡坼云霾龙虎卧，江清日抱鼋鼍游。扶桑①西枝对断石，弱水②东影随长流。杖藜叹世者谁子？泣血迸空回白头。

---

①《山海经》："旸谷上有扶桑，十日所浴，居水中，有大木，九日居下枝，一日居上枝。" ②《山海经》："西海之南，流沙之滨，有大山曰昆仑之邱，其下有弱水之渊环之。"

古柏行

孔明庙①前有老柏，柯如青铜根如石。霜皮溜雨②四十围，黛色参天二千尺。君臣已与时际会，树木犹为人爱惜。云来气接巫峡长，月出寒通雪山白。忆昨路绕锦亭③东，先主武侯同閟宫④。崔嵬枝干郊原古，窈窕丹青户牖空。落落盘踞虽得地，冥冥孤高多烈风。扶持自是神明力，正直原因造化功。大厦如倾要梁栋，万牛回首丘山重⑤。不露文章世已惊，未辞剪伐谁能送。苦心岂免容蝼蚁，香叶终经宿鸾凤。志士幽人莫怨嗟，古来材大难为用。

①成都武侯祠堂附于先主庙，夔州则先主庙、武侯庙各别，此诗专咏夔庙柏。 ②霜皮溜雨：言色苍白而润泽也。 ③锦亭：即成都锦江亭。 ④闷（mì）宫：神庙也。 ⑤喻木重不能载也。

负薪行[1]

夔州处女发半华[2]，四十五十无夫家。更遭丧乱嫁不售，一生抱恨堪咨嗟。土风坐男使女立，应当门户女出入。十有八九负薪归，卖薪得钱应供给。至老双鬟只垂颈，野花山叶银钗[3]并。筋力登危集市门，死生射利兼盐井。面妆首饰杂啼痕，地褊衣寒困石根。若道巫山女粗丑，何得此有昭君村[4]。

①此当是大历元年初至夔州时，见其习俗而作，诗哀民女之苦楚。 ②华：同“花”。 ③陆游《入蜀记》：“峡中负物卖，率多妇人。未嫁者为同心髻，高二尺，插银钗至六只，后插象牙梳，如手大。” ④《方舆胜览》：“归州东北四十里有昭君村。”按归州即湖北秭归，地与巫峡相连。

最能行[1]

峡中丈夫绝轻死，少在公门多在水。富豪有钱驾大舸，贫穷取给行艓子[2]。小儿学问止《论语》，大儿[3]结束随商旅。欹帆侧舵入波涛，撇漩捎濆[4]无险阻。朝发白帝暮江陵，顷来目击信有征。瞿塘漫天虎须[5]怒，归州[6]长年行最能。此乡之人气量窄，误竞南风疏北客。若道土无英俊才，何得山有屈原宅[7]。

---

①此与《负薪行》，皆记蜀中风俗民情之状，先刺其恶薄之处，末引昭君、屈原，又作解嘲，亦笔端苦笑耳。　②艓子：小舟也，读如“叶子”，言舟轻如小叶也。　③“小儿”、“大儿”非两人，乃指从幼至长大而言。　④漩：水急转。濆：浪高涌也，行舟者遇漩则撇开，遇濆则梢过。　⑤虎须：大江中滩名，在夔州附近。《水经注》：“江又径虎须滩，滩水广大，夏断行旅。”　⑥归州：见前诗注④。　⑦屈原宅：在秭归北（见《水经注》）。

白　帝

白帝城中云出门，白帝城下雨翻盆。高江急峡雷霆斗，翠木苍藤日月昏。戎马不如归马逸，千家今有百家存。哀哀寡妇诛求尽，恸哭秋原何处村。

秋兴[1]八首

玉露凋伤枫树林，巫山巫峡气萧森。江间波浪兼天涌，塞上风云接地阴。丛菊两开他日泪[2]，孤舟一系故园心。寒衣处处催刀尺，白帝城高急暮砧。

夔府[3]孤城落日斜，每依北斗望京华[4]。听猿实下三声泪[5]，奉使虚随八月槎[6]。画省香炉违伏枕[7]，山楼[8]粉堞隐悲笳。请看石上藤萝月，已映洲前芦荻花。

千家山郭静朝晖，一日江楼坐翠微。信宿渔人还泛泛，清秋燕子故飞飞。匡衡抗疏功名薄[9]，刘向传经心事违[10]。同学少年多不贱，五陵衣马自轻肥。

闻道长安似弈棋，百年世事不胜悲。王侯第宅皆新主，文武衣冠异昔时。直北关山金鼓振[11]，征西车马羽书迟。鱼龙寂寞秋江冷，故国平居有所思。

蓬莱宫阙对南山[12]，承露金茎[13]霄汉间。西望瑶池降王母[14]，东来紫气满函关[15]。云移雉尾开宫扇[16]，日绕龙鳞[17]识圣颜。一卧沧江惊岁晚，几回青琐照朝班[18]。

瞿唐峡口曲江头，万里风烟接素秋。花萼夹城通御气[19]，芙蓉小苑[20]入边愁。朱帘绣柱围黄鹤，锦缆牙樯起白鸥[21]。回首可怜歌舞地，秦中自古帝王州。

昆明池水汉时功，武帝旌旗在眼中[22]。织女[23]机丝虚月夜，石鲸鳞甲动[24]秋风。波漂菰米沉云黑[25]，露冷莲房坠粉红[26]。关塞极天唯鸟道，江湖满地一渔翁[27]。

昆吾御宿自逶迤[28]，紫阁峰[29]阴入渼陂。香稻啄残鹦鹉粒，碧梧栖老凤凰枝。佳人拾翠春相问，仙侣同舟晚更移。彩笔昔游干气象[30]，白头吟望苦低垂。

---

①晋潘岳有《秋兴赋》，因以名篇。　②公至夔州见菊开两度，已二秋。　③贞观十四年，夔州为都督府，督归、夔、忠、万、涪、渝、南七州，故称夔府。　④秦城上值北斗；长安在夔州之北，故依北斗而望之。　⑤《水经注》：夔州渔者歌曰："巴东三峡巫峡长，猿鸣三声泪沾裳。"此言身历其境，始觉其实有也。　⑥奉使随槎，用汉张骞使西域故事。严武为节度使，公曾入幕参谋，故有此语。虚随：言随使节而成虚，仍未能一至京阙

也。　⑦《汉官仪》："尚书省中皆以胡粉涂壁，紫青界之，画古烈士。尚书郎更直，给青缣白绫被，或锦被帏帐茵褥，女侍史二人执香炉烧薰从入护衣服。"　⑧山楼：谓白帝城楼。　⑨《汉书·匡衡传》："元帝初，衡数上疏陈宜，迁为光禄大夫，太子少傅。"公曾疏救房琯，而近侍移官，一斥不复，故曰功名薄。⑩《汉书·刘向传》："宣帝初主谷梁《春秋》，征更生（向初名）受《谷梁》，讨论《五经》于石渠。成帝即位，更名向，诏领校中《五经》秘书。"此言刘向虽数奏封事不用，而犹居近侍，典校五经，公则白头幕府，有愧平生，故曰心事违。　⑪谓回纥内侵。　⑫《唐会要》："大明宫，龙朔三年号曰蓬莱宫，北据高原，南望终南山，如指掌。"　⑬《西京赋》："抗仙掌以承露，擢双立之金茎。"注："金茎，铜柱也。"　⑭《汉武帝内传》："七月七日，上斋居承华殿，忽青鸟从西来集殿前，东方朔曰：'此西王母欲来也。'"　⑮《关尹子传》："关令尹喜常登楼望见东极有紫气西迈，曰：'应有圣人经过。'果见老君乘青牛车来。"按：关即函谷关。　⑯《仪卫志》："唐制有雉尾障扇。"　⑰龙鳞：谓衮衣之龙章。　⑱青琐：汉宫门也。《汉书注》："青琐者，刻为连琐文而青涂之。"　⑲《旧唐书》："南内曰兴庆宫，西南隅有花萼相辉之楼。开元二十年六月，遣范安及广花萼楼，筑夹城至芙蓉园。"　⑳《一统志》："芙蓉苑，即秦宜春苑地。"　㉑二句言宫室密，故黄鹄之举若围。舟楫多，故白鸥之游惊起。　㉒《长安志》："昆明池在长安县西二十里。"《史记·平准书》："武帝大修昆明池，治楼船，高十余丈，旗帜加其上，甚壮。"　㉓曹毗《志怪》："昆明池作二石人，东西相望，象牵牛织女。”　㉔《西京杂记》：“昆明池刻玉石为鲸鱼，每至雷雨，常鸣吼，鬐尾皆动。”　㉕菰：即茭白，其嫩茎为蔬菜，其颖果狭圆柱形，即菰米。《西京杂记》：“太液池边皆是雕胡。”沉云黑：谓菰米之多，一望黯黯如云之黑也。　㉖谓莲初结子，花蒂褪落，故坠粉红。　㉗言江湖虽广，无地可归，徒若渔翁之飘泊。　㉘昆吾御宿：乃适渼坡所经（参看前《渼陂行》注）。　㉙《长安志》：“终南山有紫阁峰。”　㉚即指《渼陂行》诸篇，谓山水之气象，笔足凌之也。

秋　清

高秋苏肺气，白发自能梳。药饵憎加减，门庭闷扫除。杖藜还客拜，爱竹遣儿书①。十月江平稳，轻舟进所如。

---

①遣儿书：谓遣儿题字竹上。

江　汉

江汉思归客，乾坤一腐儒。片云天共远，永夜月同孤。落日心犹壮，秋风病欲苏。古来存老马，不必取长途。

壮　游

往昔十四五，出游翰墨场。斯文崔魏徒[1]，以我似班扬[2]。七龄思即壮，开口咏凤凰。九龄书大字，有作成一囊。性豪业嗜酒，嫉恶怀刚肠。脱落小时辈，结交皆老苍。饮酣视八极，俗物多茫茫。东下姑苏台[3]，已具浮海航。到今有遗恨，不得穷扶桑。王谢[4]风流远，阖庐丘墓[5]荒。剑池[6]石壁仄，长洲[7]荷芰香。嵯峨阊门[8]北，清庙[9]映回塘。每趋吴太伯，抚事泪浪浪。枕戈忆勾践[10]，渡浙想秦皇[11]。蒸鱼闻匕首[12]，除道哂要章[13]。越女天下白[14]，鉴湖[15]五月凉。剡溪[16]蕴秀异，欲罢不能忘。归帆拂天姥[17]，中岁贡旧乡[18]。气劘屈贾垒[19]，目短曹刘墙[20]。忤下考功[21]第，独辞京尹[22]堂。放荡齐赵间，裘马颇清狂[23]。春歌丛台[24]上，冬猎青丘[25]旁。呼鹰皂枥林[26]，逐兽云雪冈[27]。射飞曾纵鞚，引臂落鹙鸧[28]。苏侯据鞍喜[29]，忽如携葛强[30]。快意八九年，西归到咸阳。许与必词伯[31]，赏游实贤王[32]。曳裾置醴地，奏赋入明光[33]。天子废食召，群公会轩裳[34]。脱身无所爱[35]，痛饮信行藏[36]。黑貂不免弊[37]，斑鬓兀称觞。杜曲换耆旧，四郊多白杨[38]。坐深乡党敬，日觉死生忙。朱门务倾夺，赤族迭罹殃[39]。国马竭粟豆，官鸡输稻粱[40]。举隅见烦费，引古惜兴亡。河朔风尘起[41]，岷山行幸长[42]。两宫各警跸，万里遥相望[43]。崆峒杀气黑[44]，少海旌旗黄[45]。禹功亦命子[46]，涿鹿[47]亲戎行。翠华拥吴岳[48]，螭虎啖豺狼[49]。爪牙一不中[50]，胡兵更陆梁[51]。大军载草草[52]，凋瘵[53]满膏肓。备员窃补衮[54]，忧愤心飞扬。上感九庙焚[55]，下悯万民疮。斯时伏青蒲[56]，廷诤守御床。君辱敢爱死，赫怒幸无伤[57]。圣哲体仁恕，宇县复小康[58]。哭庙灰烬中，鼻酸朝未央。小臣议论绝，老病客殊方。郁郁苦不展，羽翮困低昂。秋风动哀壑，碧蕙捐微芳。之推避赏从[59]，渔父濯沧浪[60]。荣华敌勋业，岁暮有严霜[61]。吾观鸱夷子[62]，才格出寻常。群凶逆未定，侧伫英俊翔[63]。

---

①原注："崔郑州尚，魏豫州启心。" ②班扬：谓班固、扬雄。 ③姑苏台：在江苏苏州西南姑苏山上，相传为吴王夫差所造，或曰阖庐所筑。 ④王谢：为六朝望族。 ⑤《越绝书》："阖庐冢在吴县阊门外……葬之日，白虎踞其上，号曰虎丘。" ⑥剑池：在虎丘山上（见《一统志》）。 ⑦长洲苑：在苏州西南七十里（见《吴郡图经》）。 ⑧《吴越春秋》："阖闾欲西破楚，楚在西北，又立阊门以通天气，复名破楚门。"今苏州有阊门。 ⑨清庙：指吴太伯庙，在阊门外，东汉太守糜豹所建（见《吴郡志》）。 ⑩越王勾践父为吴王阖闾所杀，乃卧薪尝胆，卒报父仇。 ⑪秦始皇临浙江，水波恶，乃西百二十里从狭中渡，上会稽，祭大禹，望于南海，立石刻颂秦德（见《史记·秦本纪》）。 ⑫吴公子光具酒请王僚，使专诸置匕首鱼腹中进之，以刺王僚，僚死，光自立为阖闾（见《史记·刺客列传》）。 ⑬哂（shěn）：微笑。《汉书·朱买臣传》："会稽闻太守至，发民除道，入吴界，见故妻，妻夫治道。"要

章：同“腰章”，会稽太守章也。　⑭李白《越女词》：“玉面耶溪女。”　⑮鉴湖：在今浙江绍兴。　⑯剡溪：即浙江曹娥江之上流。　⑰天姥山在浙江新昌东五十里，东接天台山。　⑱旧乡：指东京。　⑲谓欲与屈原、贾生相敌也。　⑳谓轻视曹植、刘桢也。　㉑唐初贡举，由考功员外郎立之。　㉒京尹：即指考功。　㉓公少游齐、赵，与李邕、高适、李白等相遇。　㉔丛台：本六国时赵王故台，在河北邯郸。　㉕青丘：在山东广饶北，春秋时齐景公田于此。　㉖皂枥林：齐地。　㉗云雪冈：亦齐地。　㉘鹙鸧：见《乾元中寓居同谷县作歌七首》注⑥。　㉙原注：“监门胄曹苏预。”按即苏源明。　㉚《晋书·山简传》：“举鞭问葛强，何似并州儿？”葛强，山简爱将也。公与苏同猎，故以葛强自比。　㉛词伯：指岑参、郑虔辈。　㉜贤王：指汝阳王琎。　㉝见《三绝句》注③。　㉞会轩裳：谓车服之盛。　㉟谓授河西尉不拜。　㊱信：任也。谓得失任之于命。《论语》：“用之则行，舍之则藏。”　㊲《战国策》：苏秦说秦王，书十上而说不行，黑貂之裘敝。　㊳二句并慨老成凋谢。　㊴扬雄《解嘲》：“客欲朱丹其毂，不知一跌赤吾之族。”此谓李林甫、杨国忠辈倾陷朝士。　㊵国马：指明皇所养之舞马。官鸡：指斗鸡。《明皇杂录》：教舞马四百蹄，各有名称。《东城父老传》：“玄宗即位，治鸡坊于两室间，选六军小儿五百人使驯扰教饲。”　㊶指安禄山起兵。　㊷指元宗幸蜀。　㊸谓元宗、肃宗父子异地。　㊹谓肃宗至平凉收兵兴复。　㊺旌旗黄：谓肃宗即位于灵武。《海录碎事》：“天子比大海，太子比少海。”　㊻谓肃宗命子亲征。　㊼昔黄帝与蚩尤战于涿鹿之野；此以蚩尤比禄山。谓肃宗以广平王俶为天下兵马元帅。 ㊽谓肃宗至凤翔。吴岳：在今陕西陇县西南，与凤翔邻近。 ㊾螭虎：比王师。豺狼：比禄山之众。螭（chī）：古代传说中没有角的龙。 ㊿一不中：谓房琯陈陶斜之败。 51陆梁：跳跃貌。《西京赋》："怪兽陆梁。" 52载草草：谓郭子仪清沟之败。 53凋瘵：民力困疲也。瘵（zhài）：病，灾害，劳苦。 54公时谒上凤翔，拜左拾遗。 55谓两京失陷。56《汉书·史丹传》："丹以亲密臣得侍视疾，候上间独寝时，丹直入卧内，顿首伏青蒲上。"注："以青蒲为席，用蔽地也。"57房琯以败陈陶斜罢相，甫上疏言，罪细不能免大臣，帝怒，诏三司推问。宰相张镐曰："甫若抵罪，绝言者路。"帝乃解。（见《新唐书》本传） 58谓收京以后。 59之推：介之推，春秋时人。从晋文公出亡，凡十九年。及归，赏从亡者，之推隐于绵上。 60《史记·屈原列传》："渔父鼓枻而去，歌曰：沧浪之水清兮，可以濯我缨；沧浪之水浊兮，可以濯我足。" 61言若荣华胜于勋业，则岁暮严霜一至，终必凋落也。 62鸱夷子：范蠡也。蠡事越王灭吴，遂泛五湖，不复仕。 63伫：期待也。言此时群凶未靖，尚待英俊之士出而平定也。

遣 怀

昔我游宋中①，惟梁孝王都②。名今陈留③亚，剧则贝魏④

俱。邑中九万家，高栋照通衢。舟车半天下，主客多欢娱。白刃仇不义，黄金倾有无。杀人红尘里，报答在斯须。忆与高李辈⑤，论交入酒垆。两公壮藻思，得我色敷腴⑥。气酣登吹台，怀古视平芜⑦。芒砀⑧云一去，雁鹜⑨空相呼。先帝⑩正好武，寰海未凋枯。猛将收西域⑪，长戟破林胡⑫。百万攻一城，献捷不云输⑬。组练弃如泥，尺土负百夫⑭。拓境功未已，元和辞大炉⑮。乱离朋友尽，合沓岁月徂。吾衰将焉托？存殁再呜呼⑯。萧条益堪愧，独在天一隅。乘黄已去矣，凡马徒区区⑰。不复见颜鲍⑱，系舟卧荆巫。临飧吐更食，常恐违抚孤⑲。

---

①宋中：旧河南归德府，今商丘为其故治，即古宋国地。②汉梁孝王城都睢阳。今商丘辖。　③陈留：唐郡，属汴州，今河南开封。《史记·郦生传》："陈留，天下之冲，四通五达之郊也。"　④剧：烦剧也。贝：贝州，河北清河。魏：魏州，河北大名。唐时两州俱属河南。　⑤高李：高适、李白。　⑥色敷腴：言畅悦也。《古乐府》："颜色正敷腴。"　⑦《新唐书·杜甫传》："尝从高适、李白过汴州，登吹台，慷慨怀古，人莫测也。"吹台在河南开封东南。　⑧芒砀：二山名，在安徽砀山东南。《汉书·高帝纪》："隐于芒砀山，上常有云气。"　⑨《西京杂记》："梁孝王兔园有雁池，池有鹤洲，凫渚。"　⑩先帝：谓玄宗。　⑪猛将：谓王嗣忠、哥舒翰辈。西域：谓吐蕃。⑫林胡：谓契丹。《通鉴》注："契丹，即战国时林胡地。"玄宗时，张守珪、安禄山辈先后攻契丹。　⑬言其蒙蔽邀功，虽败而

不报也。 ⑭负：作辜负之“负”，言欲争一尺之土，而徒丧百夫之命也。 ⑮言天地间失其元和之气也。《庄子》：“以天地为大炉。” ⑯李以宝应元年，高以永泰元年，先后殁。 ⑰乘黄：见《观曹将军画马图》注③。凡马：自况。 ⑱颜延之、鲍照。 ⑲言所以努力加餐者，恐违抚孤之志也。

缚鸡行

小奴缚鸡向市卖，鸡被缚急相喧争。家中厌鸡食虫蚁，不知鸡卖还遭烹。虫鸡于人何厚薄，吾叱奴人解其缚。鸡虫得失无了时，注目寒江倚山阁。

立　春

春日春盘细生菜①，忽忆两京梅发时。盘出高门②行白玉，菜传纤手送青丝③。巫峡寒江那对眼，杜陵远客不胜悲。此身未知归定处，呼儿觅纸一题诗。

---

①《四时宝镜》：“立春日，春饼、生菜，号春盘。生菜，韭也。” ②高门：通指富贵之家。 ③青丝：即指韭菜。

王十五前阁会

楚岸收新雨，春台引细风。情人来石上，鲜鲙出江中。邻舍烦书札，肩舆强老翁。病身虚俊味①，何幸饫儿童②。

①俊味：美味也。陆云《答车安茂书》："东海之俊味，肴膳之至妙。"　②邻舍致札舆迎，见其殷勤，又且饫及儿童，乃札中并招其子。

崔评事弟许相迎不到应虑老夫见泥雨怯出必愆佳期走笔戏简①

江阁要宾许马迎，午时起坐自天明。浮云不负青春色，细雨何孤白帝城。身过花间沾湿好，醉于马上往来轻。虚疑皓首冲泥怯，实少银鞍傍险行。

①朱瀚曰：为一酒食，侵晓而待，亦太无聊。云不负春色，语尚可通，雨何孤白帝，便无意义。沾湿有何好处？醉则龙钟，何得体轻？虚疑冲泥，声韵颓唐。马行又何必银鞍？且马又何必傍险？赴燕岂逃难耶。

愁[①]

江草日日唤愁生，巫峡泠泠非世情。盘涡鹭浴底心性，独树花发自分明。十年戎马暗万国，异域宾客老孤城。渭水秦山得见否，人今罢病虎纵横②。

---

①原注："强戏为吴体。"吴体诗者，乃当时俚俗为此体耳，诗流不屑效之。甫篇什既众，时出变调，凡集中拗律皆属此体。
②虎纵横：谓暴敛也。时京兆用什一税法，民多流亡。

昼 梦

二月饶睡昏昏然，不独夜短昼分眠。桃花气暖眼自醉，春渚日落梦相牵。故乡门巷荆棘底，中原君臣豺虎边。安得务农息战斗，普天无吏横索钱。

即 事

暮春三月巫峡长，皛皛①行云浮日光。雷声忽送千峰雨，花气浑如百和香②。黄莺过水翻回去③，燕子衔泥湿不妨。飞阁卷帘图画里，虚无只少对潇湘。

---

①皛皛（xiǎo）：明白之意。 ②古诗：“博山炉中百和香。”即百合香。 ③翻回去：畏雨故也。

熟食日①示宗文宗武

消渴游江汉，羁栖尚甲兵。几年逢熟食，万里逼清明②。松柏邛山③路，风花白帝城。汝曹催我老，回首泪纵横。

---

①秦人呼寒食为熟食节，以禁烟火预办熟物食之。 ②寒食在清明前二日。 ③邛山：在河南偃师北二里，作者先茔在洛，故有此句。

又示两儿

令节成吾老，他时见汝心①。浮生看物变，为恨与年深。长葛书难得，江州涕不禁②。团圆思弟妹，行坐白头吟。

---

①他时：谓身后。见汝心：谓见汝思亲之心。 ②长葛：唐

属许州，即河南长葛。江州：唐时治浔阳，即江西九江。两地当是作者弟妹所在。

得舍弟观书自中都[1]已达江陵今兹暮春月末行李合到夔州悲喜相兼团圆可待赋诗即事情见乎词

尔到江陵府，何时到峡州。乱离生有别，聚集病应瘳。飒飒开啼眼，朝朝上水楼。老身须付托，白骨更何忧。

---

①至德二载，以西京为中都。

喜观即到复题短篇二首

巫峡千山暗，终南万里春。病中吾见弟，书到汝为人①。意答儿童问②，来经战伐新③。泊船悲喜后，款款话归秦。

待尔嗔乌鹊，抛书示鹡鸰④。枝间喜不去，原上急曾经。江阁嫌⑤津柳，风帆数驿亭。应论十年事，愁绝始惺惺⑥。

①言书到始知汝尚在人世也。　②开书时想其子在侧。③是年郭子仪讨周智光，命大将浑瑊、李怀光军渭上。　④《诗·小雅》：“鹡鸰在原，兄弟急难。”　⑤嫌：其遮望眼也。⑥惺惺：苏醒也，谓忧愁之极后，释然如醒也。

返照

楚王宫北正黄昏，白帝城西过雨痕。返照入江翻石壁，归云拥树失山村。衰年肺病唯高枕，绝塞愁时早闭门。不可久留豺虎乱，南方实有未招魂。

月三首

断续巫山雨，天河此夜新。若无青嶂月，愁杀白头人。魍魉移深树，虾蟆①动半轮。故园当北斗，直指照西秦。

并照巫山出，新窥楚水清。羁栖愁里见，二十四回明。必验升沉体，如知进退情。不违银汉落，亦伴玉绳②横。

万里瞿塘月，春来六上弦。时时开暗室，故故满青天。爽合风襟静，高当泪脸悬。南飞有乌鹊③，夜久落江边。

---

①虾蟆：即蟾蜍。《五经通义》："月中有兔与蟾蜍。"
②玉绳：星名，凡两星，在玉衡之北。　③魏武帝诗："月明星稀，乌鹊南飞。"

醉为马坠诸公携酒相看

甫也诸侯老宾客，罢酒酣歌拓金戟①。骑马忽忆少年时②，散蹄迸落瞿塘石。白帝城门水云外，低身直下八千尺。粉堞电转紫游缰，东得平冈出天壁。江村野堂争入眼，垂鞭亸③鞚凌紫陌。向来皓首惊万人，自倚红颜能骑射。安知决臆④追风足，朱汗骖驔犹喷玉⑤。不虞一蹶终损伤，人生快意多所辱。职当忧戚伏衾枕，况乃迟暮加烦促。朋知来问腆我颜，杖藜强起依童仆。语尽还成开口笑⑥，提携别扫清溪曲。酒肉如山又一时，初筵哀丝动豪竹。共指西日不相贷⑦，喧呼且覆杯中渌。何必走马来为问，君不见？嵇康养生遭杀戮⑧。

---

①庾信诗："醉来拓金戟。"　②句谓忘自己之老也。
③亸（tuǒ）：下垂貌。　④决臆：纵意而为。　⑤骖驔（chān dàn）：马奔也。卢照邻诗："铁骑晓骖驔。"喷玉：言马势之雄猛。　⑥《庄子》："开口而笑，一月之中不过四五日。"

⑦不相贷：犹言不可留也。　⑧嵇康著《养生论》，后刑东市。言祸患之来，亦有以安居无事而得者，不必定以此为戒也。

过客相寻

穷老真无事，江山已定居。地幽忘盥栉，客至罢琴书。挂壁移筐果，呼儿问煮鱼。时闻系舟楫，及此问吾庐。

归

束带还骑马，东西却渡船。林中才有地，峡外绝无天。虚白高人静，喧卑俗累牵。他乡悦迟暮，不敢废诗篇。

暇日小园散病将种秋菜督勒耕牛兼书触目

不爱入州府，畏人嫌我真。及乎归茅宇，旁舍未曾嗔。老病忌拘束，应接丧精神。江村意自放，林木心所欣。秋耕属地湿，山雨近甚匀。冬菁饭之半①，牛力晚来新。深耕种数亩，未甚后四邻。嘉蔬既不一，名数颇具陈。荆巫非苦寒，采撷接青春。飞来两白鹤，暮啄泥中芹。雄者左翮垂，损伤已露筋。一步再流血，尚惊矰缴勤。三步六号叫，志屈悲哀频。鸾凰不相待，侧颈诉高旻。杖藜俯沙渚，为汝鼻酸辛。

---

①冬菁：即芜菁，蔬类植物，蜀人谓之诸葛菜。饭之半：言佐饭牛之半也。

秋风二首

秋风淅淅吹巫山，上牢下牢修水关。吴樯楚舵牵百丈，暖向神都寒未还。要路何日罢长戟，战自青羌连百蛮。中巴不曾消息好，暝传戍鼓长云间。

秋风淅淅吹我衣，东流之外西日微。天清小城捣练急，石古细路行人稀。不知明月为谁好，早晚孤帆他夜归。会将白发倚庭树，故园池台今是非。

见萤火

巫山秋夜萤火飞，帘疏巧入坐人衣①。忽惊屋里琴书冷，复乱檐边星宿稀。却绕井栏添个个，偶经花蕊弄辉辉。沧江白发愁看汝，来岁如今归未归。

①坐人衣：谓坐人之衣也。坐，形容词。

登 高

风急天高猿啸哀，渚清沙白鸟飞回。无边落木萧萧下，不尽长江滚滚来。万里悲秋常作客，百年多病独登台。艰难苦恨繁霜鬓，潦倒新停浊酒杯。

锦树行

今日苦短昨日休，岁云暮矣增离忧。霜凋碧树作锦树①，万壑东逝无停留。荒戍之城石色古，东郭老人住青丘②。飞书白帝营斗粟，琴瑟几杖柴门幽。青草萋萋尽枯死，天马跛足随犛牛③。自古圣贤多薄命，奸雄恶少皆封侯。故国三年一消息，终南渭水寒悠悠。五陵豪贵反颠倒，乡里小儿狐白裘。生男堕地要膂力，一生富贵倾邦国。莫愁父母少黄金，天下风尘儿亦得④。

①谓树叶变色，斑驳如锦也。　②东郭老人：齐人（见《史记》）。青丘：齐地。公所居在夔州东郭，故以东郭先生自拟。③犛（máo）牛：牦牛。　④贵妃时民间语曰：“生男勿喜女勿悲，君看生女作门楣。”此正翻其意，言当风尘之时，但有膂力，即生男亦好也。

写怀二首

劳生共乾坤，何处异风俗①。冉冉自趋竞，行行见羁束。无贵贱不悲，无富贫亦足②。万古一骸骨，邻家递歌哭。鄙夫到巫峡，三岁如转烛③。全命甘留滞，忘情任荣辱。朝班及暮齿，日给还脱粟④。编蓬石城⑤东，采药山北谷。用心霜雪间，不必条蔓绿⑥。非关故安排，曾是顺幽独。达士如弦直，小人似钩曲⑦。曲直我不知，负暄候樵牧。

夜深坐南轩，明月照我膝。惊风翻河汉，梁栋日已出。群生各一宿，飞动自俦匹。吾亦驱其儿，营营为私实⑧。天寒行旅稀，岁暮日月疾。荣名忽中⑨人，世乱如虮虱⑩。古者三皇前，满腹志愿毕。胡为有结绳，陷此胶与漆⑪。祸首燧人氏⑫，厉阶董狐⑬笔。君看灯烛张，转使飞蛾密。放神八极外，俯仰俱萧瑟⑭。终然契真如⑮，得匪金仙⑯术。

①言举世皆然也。　②阮籍《大人先生传》："无贵则贱者不怨，无富则贫者不争，各安于身而无所求也。"　③公以永泰元年到云安，至大历二年为三岁。　④言日用有时不继。　⑤石城：即夔州城。东方朔《非有先生论》："居深山之中，积土为室，编蓬为户。"　⑥言守岁寒而不慕荣利。　⑦后汉顺帝末京师童谣云："直如弦，死道边；曲如钩，封公侯。"　⑧私实：私财也。《楚辞》："蓄众聚实。"注："实，财也。"　⑨中：读上声。　⑩虮（jǐ）：虫子。　⑪《庄子》："待绳约胶漆而固者，是侵其德也。"　⑫燧人氏：传说中，上古钻木取火者。　⑬董狐：春秋晋之史官。　⑭言万境皆空也。　⑮佛家语，谓永世不变之真理为真如。　⑯佛号大觉金仙（见《释典》）。

可　叹

天上浮云如白衣，斯须改变如苍狗①。古往今来共一时，人生万事无不有。近者抉眼去其夫②，河东女儿身姓柳。丈夫正色动引经，酆城客子王季友③。群书万卷常暗诵，《孝经》一通看在手④。贫穷老瘦家卖屐⑤，好事就之为携酒。豫章太守高帝孙⑥，引为宾客敬颇久。闻道三年未曾语⑦，小心恐惧闭其口。太守得之更不疑，人生反复看亦丑。明月无瑕岂容易，紫气郁郁犹冲斗⑧。时危可仗真豪俊，二人得置君侧否。

太守顷者领山南⑨，邦人思之比父母。王生早曾拜颜色⑩，高山之外皆培塿⑪。用为羲和⑫天为成，用平水土地为厚。王也论道阻江湖，李也丞疑⑬旷前后。死为星辰终不灭，致君尧舜焉肯朽。吾辈碌碌饱饭行，风后、力牧⑭长回首。

---

①句谓世事如白云苍狗，变化无常。　②言不喜其夫，如抉眼中之物而去之。　③豐城：江西南昌。王季友：肃、代间诗人（见宋王应麟《困学纪闻》）。　④《孝经》：相传孔子为曾子陈孝道而作。　⑤屐（jī）：有齿的木鞋，也泛指鞋。后汉刘勤家贫，作屐供食。尝作一屐，已断，置不卖，妻窃以易米；勤知之，责妻欺取直，弃不食。　⑥豫章太守：李勉也，勉历河南尹，徙洪州刺史。豫章属洪州，即今南昌。《唐书·世系表》："郑惠王元懿生安德郡公琳，琳生择言，择言生勉。"　⑦谓未语及妇弃事。　⑧紫气：豐城剑也，季友豐城人，故用之。四句言季友之贤为太守所信，乃至见弃于妻——此事之反复而可丑者；然其才则如珠光剑气，岂得而掩没之哉？　⑨肃宗宝应初，勉为山南西道观察使。　⑩言己与王生相遇之早。　⑪培塿（pǒu lóu）：冢，小土丘。　⑫羲和：唐虞掌天地四时之官。　⑬《尚书大传》："古者天子必有四邻：前曰疑，后曰丞，左曰辅，右曰弼。"　⑭《帝王世纪》："黄帝得风后于海隅，进以为相；得力牧于大泽，用以为将。"

观公孙大娘弟子舞剑器行并序

大历二年十月十九日，夔府别驾元持宅，见临颍①李十二娘舞剑器②，壮其蔚跂③。问其所师，曰："余公孙大娘弟子也。"开元五载，余尚童稚，记于郾城④观公孙氏舞剑器浑脱⑤，浏漓顿挫，独出冠时。自高头宜春、梨园二伎坊内人，洎外供奉⑥，晓是舞者，圣文神武皇帝⑦初，公孙一人而已。玉貌锦衣，况余白首⑧，今兹弟子，亦匪盛颜。既辨其由来，知波澜莫二。抚事慷慨，聊为《剑器行》。往者吴人张旭善草书书帖，数常于郏县见公孙大娘舞西河剑器，自此草书长进⑨，豪荡感激，即公孙可知矣。

昔有佳人公孙氏，一舞剑器动四方。观者如山色沮丧，天地为之久低昂。㸌如羿射九日落⑩，矫如群帝骖龙翔⑪。来如雷霆收震怒⑫，罢如江海凝清光。绛唇珠袖两寂寞，况有弟子传芬芳。临颍美人在白帝，妙舞此曲神扬扬。与余问答既有以，感时抚事增惋伤。先帝侍女八千人，公孙剑器初第一。五十年间似反掌，风尘倾动昏王室。梨园子弟散如烟，女乐余姿映寒日。金粟堆南木已拱，瞿塘石城草萧瑟。玳筵急管曲复终，乐极哀来月东出。老夫不知其所往，足茧⑬荒山转愁疾。

---

①临颍：即河南临颍。　②剑器：舞曲名，以采帛结两头，双手持之而舞（见《札朴》）。　③蔚跂（qí）：雄浑多姿。

④郾城：即河南郾城。　⑤浑脱：亦舞曲名。《明皇杂录》："公孙大娘能为邻里曲，及裴将军、满堂势、西河、剑器、浑脱舞，研妙皆冠绝于时。"　⑥伎坊：即教坊。崔令钦《教坊记》："右教坊在光宅坊，左教坊在延政坊。右多善歌，左多善舞。妓女入宜春苑，谓之内人，亦曰前头人，尝在上前也。"按，高头疑即前头之谓。外供奉：即不在宜春苑内之舞女。又《雍录》："开元二年，置教坊于蓬莱宫侧，上自教法曲，谓之梨园弟子。"⑦谓明皇。　⑧言公孙玉貌锦衣尚归寂寞，何况己年之将老乎？⑨李肇《国史补》："旭尝言：'始吾见公主担夫争路而得笔法之意，后见公孙氏舞剑器而得其神。'"　⑩燿（huò）：光耀也。《淮南子》："尧时十日并出，尧令羿射中九日。日鸟皆死，坠其羽翼。"　⑪夏侯元赋："又如东方群帝兮，腾龙驾而翱翔。"⑫收震怒：谓其犹雷鸣之尾声也。　⑬茧：手足底硬皮。《战国策》："苏子足重茧，日百而后舍。"

冬　至

年年至日长为客，忽忽穷愁泥①杀人。江上形容吾独老，天边风俗自相亲。杖藜雪后临丹壑，鸣玉朝来散紫宸。心折此时无一寸，路迷何处见三秦。

---

①泥：粘连不易脱也，言滞于客而不能归也。

大历三年春白帝城放船出瞿唐峡久居夔府将适江陵漂泊有诗凡四十韵

老向巴人里，今辞楚塞隅。入舟翻不乐，解缆独长吁。窄转深啼狖，虚随乱浴凫。石苔凌几杖，空翠扑肌肤。叠壁排霜剑，奔泉溅水珠。杳冥藤上下，浓淡树荣枯。神女峰①娟妙，昭君宅②有无。曲留明怨惜③，梦尽失欢娱④。摆阖⑤盘涡沸，欹斜激浪输。风雷缠地脉，冰雪耀天衢。鹿角真走险，狼头如跋胡⑥。恶滩宁变色，高卧负⑦微躯。书史全倾挠，装囊半压濡。生涯临臬兀⑧，死地脱斯须。不有平川决，焉知众壑趋⑨。乾坤霾涨海，雨露洗春芜。鸥鸟牵丝飏⑩，骊龙濯锦纡。落霞沉绿绮，残月坏金枢⑪。泥笋苞初荻，沙茸出小蒲⑫。雁儿争水马⑬，燕子逐樯乌⑭。绝岛容烟雾，环洲纳晓晡⑮。前闻辨陶牧⑯，转盼拂宜都⑰。县郭南畿⑱好，津亭⑲北望孤。劳心依憩息，朗咏划昭苏⑳。意遣乐还笑，衰迷贤与愚㉑。飘萧将素发，汩没听洪炉。丘壑曾忘返，文章敢自诬。此生遭圣代，谁分哭穷途。卧疾淹为客，蒙恩早厕儒。廷争酬造化㉒，朴直乞江湖。滟滪险相迫，沧浪深可逾。浮名寻已已㉓，懒计却区区。喜近天皇寺㉔，先披古画图。应经帝子渚㉕，同泣舜苍梧㉖。朝士兼戎服，君王按湛卢㉗。旄头㉘初俶扰，鹑首㉙丽泥涂。甲卒㉚身虽贵，书生道固殊㉛。出尘皆野鹤㉜，历块匪辕驹㉝。伊吕终难降㉞，韩彭㉟不易呼。五云高太甲㊱，六月旷抟扶㊲。回首黎元病㊳，争权将帅诛㊴。山林托疲苶，未必免崎岖㊵。

---

①神女峰：巫山十二峰之最。相传巫山神女瑶姬居此。　②昭君宅：见《负薪行》注③。　③乐府有《昭君怨》曲。　④宋玉《神女赋序》：“寐而梦之，寤不自识；惘焉不乐，怅尔失志。”　⑤摆阖：谓摆荡开阖也。　⑥原注：“鹿角、狼头，二滩名。”《一统志》：“鹿角、狼尾、虎头三滩，在夷陵州，最险。”按：夷陵州在今湖北宜昌境。《诗·豳风》：“狼跋其胡。”《传》：“跋，躐（liè）也。胡，颔下垂肉。”　⑦负：自负。　⑧臬兀：不安也。　⑨江水出峡，其川始平，方知为众流所趋也。　⑩牵丝飏：言鸥羽如丝之白也。　⑪谓月将西没而无光也。　⑫谢灵运诗：“新蒲含紫茸。”茸：谓蒲花也。　⑬水马：即水黾，虫名，体黑褐色，狭细，常群集水面。　⑭樯乌：船樯上刻为乌形以占风者。　⑮晓晡：犹言朝夕，言地皆高山，故平川早晚亦多烟雾也。　⑯陶：乡名，即陶朱公之故里，在江陵西。牧：城郭外也。　⑰宜都：唐属峡州，即湖北宜都。　⑱原注：“路入松滋。”按松滋旧属荆州府，即唐之江陵府。肃宗以江陵府为南都，故曰南畿。　⑲津亭：即江津口，在峡州。　⑳昭苏：言脱险也。　㉑谓年衰不辨贤愚也。　㉒谓疏救房琯。　㉓谓严武奏除员外郎。　㉔原注：“此寺有晋王右军书，张僧繇画孔子及颜子十哲形像。”按，天皇寺在江陵。　㉕帝子：谓尧女舜妃娥皇女英。二女随舜不及，没于湘水之渚，因名帝子渚。　㉖舜：逝于苍梧之野，葬于江南九嶷山。　㉗湛卢：剑名。《吴越春

秋》：“越王允常使欧冶作名剑五，一曰湛卢。” ㉘旄头：胡星也。㉙鹑首：星名，秦之分野，属雍州。 ㉚甲卒：指崔旰，旰初客剑南，以步卒事鲜于仲通。 ㉛言耻与若辈同列。 ㉜《世说》：“嵇绍在稠人中，昂昂如野鹤之在鸡群。” ㉝言奔骤形如辕上之马。 ㉞伊、吕：谓伊尹、吕望。终难降：谓不能降服。旧说谓指宰相杜鸿渐不能讨降崔旰。 ㉟韩、彭：谓韩信、彭越。旧说谓比崔旰。 ㊱五云：即卿云五色之意。太甲：星名。言回望帝庭，如五云太甲，渺然天际。 ㊲《庄子·逍遥游》：“鹏之徙于南溟也，抟扶摇而上者九万里，去以六月息者也。”注：“抟，飞而上也；上行风谓之扶摇。”此言己惟效鹏抟南徙，为长往之计而已。 ㊳言巴蜀，困于用兵。 ㊴谓崔旰、杨子林辈自相诛讨。 ㊵言己虽身在山林，亦仍不免崎岖之苦。

书堂饮既夜复邀李尚书下马月下赋绝句

湖水林风相与清，残樽下马复同倾。久判野鹤如霜鬓，遮莫①邻鸡下五更。

①遮莫：俚语，犹言尽教也。

夜闻觱篥①

夜闻觱篥沧江上，衰年侧耳情所向。邻舟一听多感伤，塞曲三更欻悲壮。积雪飞霜此夜寒，孤灯急管复风湍。君知天地干戈满，不见江湖行路难。

①觱篥（bì lì）：乐器名，出于胡中，似笳，其声悲。

岁晏行

岁云暮矣多北风，潇湘洞庭白雪中。渔父天寒网罟冻，莫徭射雁鸣桑弓①。去年米贵阙军食，今年米贱太伤农。高马达官厌酒肉，此辈杼轴茅茨空。楚人重鱼不重鸟②，汝休枉杀南飞鸿。况闻处处鬻男女，割慈忍爱还租庸③。往日用钱捉私铸，今许铅锡和青铜④。刻泥为之⑤最易得，好恶不合长相蒙。万国城头吹画角，此曲哀怨何时终。

①《隋书·地理志》："长沙郡杂有夷蜑（dàn），名曰莫徭，自言其先祖有功，尝免征役故以为名。"《礼记》："桑弧蓬矢，以射四方。"　②《风俗通》："吴楚之人嗜鱼盐，不重禽兽之肉。"　③《旧唐书》："凡授田者，丁岁纳粟稻，谓之租；不

役者，日为绢三尺谓之庸。”　④《旧唐书》：“天宝以后，富商奸人渐收好钱，潜往江淮之南，每钱货得私铸恶者五文，假托私用。鹅眼、铁锡、古文綖环之类，每贯重不过三四觔。”　⑤刻泥为之：以泥为钱模也。

蚕谷行

天下郡国向万城，无有一城无甲兵。焉得铸甲作农器，一寸荒田牛得耕。牛尽耕，蚕亦成。不劳烈士泪滂沱，男谷女丝行复歌。

清　明

著处繁花矜是日，长沙千人万人出。渡头翠柳艳明眉，争道朱蹄骄啮膝①。此都好游湘西寺，诸将亦自军中至。马援征行在眼前，葛强亲近同心事。金镫②下山红粉晚，牙樯梹舵青楼远。古时丧乱皆可知，人世悲欢暂相遣。弟侄虽存不得书，干戈未息苦离居。逢之少壮非吾道，况乃今朝更祓除③。

---

①王褒《圣主得贤臣颂》：“及玉驾啮膝，骖乘旦。”注：

“马怒有余气常啮膝而行。” ②金镫：同“金灯”。 ③祓除：言祓除不祥也。《周礼》：“女巫掌岁时祓除衅浴。”注：“如今三月三日上巳住水上之类。”此日清明，当正值上巳节，故用此典。

风雨看舟前落花戏为新句

江上人家桃树枝，春寒细雨出疏篱。影遭碧水潜勾引，风妒红花却倒吹。吹花困癫傍舟楫，水光风力俱相怯①。赤憎②轻薄遮人怀，珍重分明不来接③。湿久飞迟半日高，萦沙惹草细于毛。蜜蜂蝴蝶生情性，偷眼蜻蜓避伯劳④。

---

①言既怯勾引，又怯风吹。 ②赤憎：犹云生憎也。 ③言恐以遮人怀可憎，故远飞不欲与人相接。 ④伯劳：即伯劳鸟，以昆虫为主食，故有“偷眼蜻蜓避伯劳”句。